TO

怪談・呪い神

山口敏太郎

TO文庫

目次

怪談・呪い神

1　あっ、この部屋は……

これは以前、筆者が徳島で開催したイベントで大変お世話になったGさんと、その彼女のまわりで起こった話である。


今から二十数年前、まだ平成と年号が変わったばかりの頃。

徳島県在住のGさんは、一人の女性と付き合っていた。

「なかなか可愛い子でしたよ」

Gさんは懐かしそうに目を細めた。


その彼女が広島県で就職が決まった。

「お母さん、一緒に住む物件を探してくれへんの」

「しょうがない子やね。ええよ。広島市内で探そうか」

彼女は母親と一緒に広島市の物件をあたり、A地区の某物件に決定した。

「ここなら、ええ感じやわ」

このマンションは一階にコンビニがあり、南向きで日当たりもよいにもかかわらず、もの凄く安い家賃であったという。

親子二人でそそくさと引っ越しを済ませ、母親は徳島に帰っていった。

（今夜、お風呂に入らないとあかんから、ガスをひかんと）

そう思った彼女はガス屋さんを呼んだ。

すると、ガスの元栓を開きながら、作業員の女性がふとこんな言葉を漏らした。

「あっ、この部屋は……」

「……えっ」

一瞬、妙な空気が流れ、彼女はなんとも言えない気持ちになった。

声を震わせながら彼女は確認した。

「この部屋、なんか……あったんですか」

するとガスの作業員は作り笑顔を浮かべながら
「いや、すいません。なんでもないんです」

「言ってください。ほんまのことを」

「いや、ごめんなさい。ごめんなさい。なんでもないんです」

逃げるように帰っていく作業員。

「いや、あの態度、絶対なんかあったはずやな」

遠ざかる作業員の背中を見ながら、彼女はすぐさま母親に電話した。

「お母さん、ガス屋さんが、ガス屋さんが……」

その言葉を聞いた母親は、引っ越し中に見たある人物を思い出していた。

――長いざんばら髪で
――微動だにしない女

引っ越しの途中、母親はそんな女の姿を確かに見ていたのだ。

（あの女、やっぱりヤバい霊だったんだ）


彼女は母親に対し、責めるような口調でまくし立てた。

「やっぱ、霊感の強いお母さんには見えてたんやな。なんで言わんかったん」

すると母親はきっぱりした口調でこう答えた。

「いや、ただの気狂い女や、思たんよ」

2　女が来る

翌日、娘の危機に対し、母親はすぐさま広島県に向かった。

「はよう、変わろ、こんなとこにおったら、あかんよ」

「怖い、怖い」

怯える娘をせかすように、母親はすぐさまその部屋から荷物を運び出し、違う物件に移動した。

「とりあえず、これで安心やな」

「ありがとう。お母さん」

安堵する娘を残し、母親はその日に使う日用品の買い出しに出かけた。

この時、母親はあの女の霊がついてきたことを自覚した。

(あっ、あの女や。来たな)

娘の自転車で近所の店に向かったが、

――もの凄くペダルが重い
まるで鉛を載せて走っているかのように、重い。

(はぁ、後ろに乗ってきたな)

母親は自転車の後部座席に女が乗ってきたことを察知した。

(このままではいけない。娘にこの女がつきまとってしまう)

母親は決心すると、後部座席に向かって一喝した。

「降りなさい!!!」

「…………」

だが、一向に軽くなる様子はない。

(あかん、全然言うこときかんわ)

その時、神社の前に自転車がさしかかった。すると、今まで重かった自転車が（ふっ）と軽くなった。

「……んっ⁉」

（この霊、この神社の神さんが苦手なんやな）

そう直感した母親は、自転車を乗り捨てると、猛スピードで神社の境内に駆け込んだ。脱兎のごとく走り抜ける母親。

（やっぱり、ここには入ってこれないな）

走りながら後方を振り返ると、さっきまで自分がこいでいた自転車が

――少しだけ宙に浮き上がっていた。

「……ひぃ」

なんという怨念だろうか。声にならない悲鳴を上げて母親は神社に駆け込み、必死にお参りした後、一枚のお札を購入した。

「これで、あの霊は封印できるやろ」

そう言いながら、娘の新しい部屋にお札を貼った。

このお札のご利益であろうか、しばらくは何も起きなかった。

——あくまでしばらくは。

3　続・女が来る

一ヵ月後、Gさんは広島県の彼女の部屋に遊びに行った。

「なかなか、ええ部屋やな」

「うん、そうやろ」

久々の二人の再会は大いに盛り上がり、外に遊びに行こうということになった。

そして、二人が立ち上がり、ドアに向かって歩いて行く時、異変が起きた。

お札の前を通りかかった時、お札が剥がれたのだ。

（ふぅぅううう）

お札が音もなく、剥がれ落ちた。

「なんでやろ」

「うわっ、怖い」

落ちたお札を震える手で拾い上げる彼女。

「お母さんが見た女の霊かな」

なんとも言えない表情を浮かべ、怯える彼女だったが、Gさんは平静を装った。

「大丈夫やって、こんなん」

と言いながらも、一抹の不安が脳裏をよぎる。

(でっ、でもええか、俺は徳島に帰ったら関係ないし……)

「もう一回貼ればええよ」

そう言って、お札を貼りなおすと、Gさんは彼女と外に出た。

だが、女の霊の追撃はこれで終わりではなかった。

翌日、徳島に帰ったGさんが自室で寝ていると、天井のあたりに火花が散った。

(あれっ、電気でもショートしたんかいな)

幻覚ではない。確かに見上げた天井の左から右に電気のようなものが走ったのだ。今時、電気がショートするなどありうるのか。そう思った瞬間、全身が金縛りになった。

（あかん、動かん）

体がまったく動かない。まるで凍りついたようだ。

（やばい、やばい。今、霊に襲われたらアウトや）

必死にもがくGさん。するとどうにか首だけが動いた。数ミリずつだが、どうにか動かせた。

「うっっっ、ううう」

必死にもがいて左側に首を向けると……。

——そこに女がいた。

——全裸の女が四つんばいになっている。
スレンダーな女が裸で横にいるのだ。頭が混乱した。
(なんで、裸の女がここに)
小ぶりな乳房に目が釘付けになる。
それにしても、あまりにも突飛な状況に脳内が整理できない。
(なんやろ、これは夢かな)
そう心に言い聞かせるGさん。
すると、今度は左手が動いた。こんな状況に置かれた男がすることはひとつである。
(よし、霊かなんかわからんけど、触ってやる)
ゆっくりと左手を動かし、四つんばいになっている女の乳房に手を当ててみた。

——あっ、夢じゃない。

この時、手のひらに確かに感触を感じた。小ぶりだが、本物の乳房であった。

「あんっ」

触った瞬間、女は小さくうめいた。

——感じているのだ。

そう思うと逆に怖くなってきた。

(夢じゃない、現実にこの女はここにいるんだ)

この女の顔を見てやると、首を少しずつ動かし、視線を上に向けた。

(みっ、見えない)

必死に目をこらすが、女の顔は陰になって見えない。

スレンダーな裸体は、月明かりに照らされているのに……。


（この女には……顔が、顔がない）


逆光になった被写体のように、黒い頭部があるのみであった。

もうこれ以上は怖くて耐え切れなかった。心の中でお経や呪文など、ありとあらゆる限りのまじないを繰り返し唱えた。

いつしか気が遠くなり、気がつくと朝であった。


翌朝、実家の商売を手伝っていると、ふと自分の顔に貼りついた髪の毛に気がついた。

「あっ、この髪の毛……」

明らかに自分の髪の毛ではなかった。五〇センチ近くある女の髪の毛であった。

「あの女の髪の毛やな」

この後、自室ではラップ音が一週間ぐらい続いた。

彼女の話によると、女の霊は母親のもとにも姿を現したという。

そして、日中でさえもGさんは女の気配を常に感じ続け、背中を誰かに押される感覚を何度も味わった。


（あの女、絶対俺に憑りついている）


その後、霊感の強い叔母の薦めもあり、写経を行い、一枚を枕の下に敷き、一枚を肌身離さず持ち歩くようにした。

こうして女の霊の干渉を防ぎ続けた結果、一ヶ月ほどで奇妙な現象は起きなくなった。

無論、広島の彼女とは別れてしまった。

4　読経と脳内ラジオ

筆者の友人でＵＦＯ研究の同志である竹本良氏は、ＵＦＯや宇宙人を熱心にレポートしている。

だが、一度だけ奇妙な体験をしたことがある。

昭和の終わる頃、竹本氏はまだ二〇代で、とある雑誌の編集者をしていた。

当時、千歳船橋のマンションの四階に居住していたのだが、日々の激務で家に帰るとそのまま熟睡していた。

その夜もぐったりと疲れてベッドに倒れ込んだ竹本氏は、泥のように眠った。

「んっ、なんだ」

朝の五時ぐらいであろうか。季節は春だったから外はだいぶ明るくなっている。それがまぶた越しにも伝わってくる。

――確かに聞こえる。

――お経が聞こえるのだ。

ベッドで寝ている自分の頭の上から、お経が聞こえるのだ。

その読経は力強く、長年の修行が感じられる心地よい響きであった。

（はて、このまま目を開けても良いものだろうか）

竹本氏は迷った。このまま目を開けると、読経の主と顔を合わせてしまうのではないか。

別にやましいことはないが、なんだかバツが悪い。

（そうだ。起きているというアピールをしよう）

竹本氏はまぶたを閉じたまま体を揺さぶって、遠回しに〝私は起きてますよ〟とアピールする作戦に出た。

すると奇妙なことが起こった。

ってきた。

「あぁー、あぁー、あぁー」
さっきまで声高らかにお経を読んでいた男が、妙な声を上げて遠くに行く感じが伝わってきた。

(行ったかな)

この時点で竹本氏は、ゆっくりとまぶたを開けた。

――何もいなかった。

竹本良氏の不思議体験は、この一回きりであった。
しかし、竹本氏はあれは〝脳内ラジオ〟のようなものだと思っているという。
「山口さん、心霊談とかじゃないですよ。あれはね。たまたま脳内の波長が合わさって、どこかで修行している僧侶の読経が聴こえたんですよ」
そう言って竹本良氏は、にやりと笑った。

5　沖縄の神隠し

Kさんはゲームを作ったり、ライターをやったりと、様々な仕事を行う女性だ。

彼女は沖縄出身であり、自分自身には霊感がないものの、身内は数々の霊体験を積んでいるそうだ。


「山口さん、沖縄にも神隠しがあるんですよ」

彼女の発言に筆者は衝撃を受けた。修験道や天狗と関連深い神隠しが沖縄にあるとは、思いもよらなかったからだ。

「神隠しって沖縄でもあるの？　神仏に隠されるの？」

「神仏ではなく、魔物に隠されるんですよ」

「魔物……？」


戦争が終わってすぐの頃というから、昭和二〇年代の頃、沖縄のとある集落で事件が起きた。

彼女の祖父にあたる人物が〝神隠し〟に遭ったのだ。


その日の夕方、祖母が風呂焚き用に竹を切ってくるように祖父に依頼した。

「竹を切ってきてくださいな」

「あぁいいよ」

祖父は近所にあった竹やぶに向かった。その竹やぶのあった土地は所有者がおらず、一本ぐらい切っても構わないと思ったのである。


「おおっ、良い竹があった」

そう言って祖父が竹を一本切った途端、その姿が消えてしまった。

これには、集落中が騒動になった。

「神隠しだ」

「姿が消えてしまった」

集落の人々が大勢で祖父の捜索に繰り出した。当時、既に六〇代に達していた祖父である。側溝や何かの隙間に落下している可能性もあった。


「おーい、おーい」

捜索の途中で奇妙なことが起こった。

祖父の姿が時々見えるのだ。

「おかしいね。あそこにいたと思ったら、もういない」

「今、一瞬だけ見えたと思ったら、姿が消えてしまったよ」

どういうわけだが、祖父の姿が一瞬一瞬は確認できるのだが、すぐさま再び消えてしまうのだ。

捜索する人々の中に物知りの人がいて、こんなことを言った。

「一瞬だけ姿が見えたら、お尻を思い切り蹴ればよいよ。そうすれば、ぽっと出てくるからね」

どうやら、魔物に隠された人は一瞬だけ見えた瞬間にお尻を蹴れば、現世に戻ってこられる仕組みであるようだ。

その後、しばし姿を現した祖父は、無事お尻を蹴り出され、この世に戻ってくることができた。

ユタの見立てによると、祖父を隠したのは竹やぶの所有者の霊であった。強欲な所有者は死んだ後も自分の財産に固執し、その土地に生えた竹を無断で切った祖父を隠してしまったのだという。

一方、隠された祖父の話によると、

「竹を切った瞬間、周囲に霞がかかり、まったく見えなくなったんだよ」

ということであった。

「はて、これは困ったぞ」

と集落を歩き回っている最中に尻を蹴られ、この世に帰ってこられたのだ。

沖縄の魔物を怒らすと、神隠しに遭わされてしまうようだ。

要注意である。

6　イチジャ

Kさんの母親も時々、本来見えないはずのモノを見てしまうようだ。

中でも、本土で言うところの生霊＝イチジャが一番ヤバいらしい。

「山口さん、うちの母がイチジャに苦しめられたことがあるんです」

「生霊、それはまずいね」

ある日のこと、母親の知り合いのユタと話をしていた。

そのユタは不満でもたまっていたのだろうか。自分の身内のことを悪しざまに言っていた。

「まぁまぁ、身内のことだから、そんなに悪く言わないで」

母親はそのユタを言葉優しくなだめた。

だが、その発言がユタの気に障ったのであろうか。

それ以降、母親は体調がすぐれなくなった。

「おかしいわね。なんだか体の具合が悪いの」

それから数日後、母親はKさんと同じ部屋で寝ていた。
すると、母親は奇妙な夢を見てしまった。
小柄な赤い鬼が家の周りを
（ぐるぐる、ぐるぐる）
と廻っているのだ。
まるで、室内に入るすきを窺っているかのようであった。
あまりにも、不気味な夢を見たためであろうか。夜中に目が覚めた。
（あれは、ユタのイチジャに違いない）
そう思ってKさんが寝ているベッドの足元を見ると、赤い鬼の姿が見えた。
（あっ、イチジャが来ている）

軽い恐怖を感じたが、娘を守らねばならない。母親は刃物を振りかざし、思いつく限りの汚い言葉をイチジャに投げかけた。

（もう、これで大丈夫だね）

母親はそう思うと、娘をたたき起こし、今までの一部始終を聞かせた。これがKさん一家のイチジャ事件である。

最後にKさんは筆者に向かってこう言った。

「イチジャは、ツバと刃物と汚い言葉で撃退できるんです」

「汚い言葉って？」

「バカとかアホとか」

「…………」

7　生死不明のおじさん

Kさんの母方には、生死不明のおじさんがいる。

Kさんのお母さんの一番上の兄であり、沖縄戦で行方不明になったとされていた。

最後に会った人の話によると、軍の補給部隊に属していたおじさんは、本隊を追う途中で別れて、そのまま行方がわからなくなったそうだ。

「危ないなら、一緒に逃げよう」

と誘ってくれた地元の人に対し
「自分は軍人だし、本隊に食料を届けないといけないから」

と言い残し、戦場に向かって行ったらしい。

そのまま行方がわからなくなったので、おじさんの遺骨も遺髪も残されていない。

戦争が終わった後も、祖父母は長男の死を認めなかった。

「あの子が死んだとは思えないよ」

そう言いながら、祖父母は仏壇にも名前を入れなかった。

名前を入れることで、長男の死を受け入れたくはなかったのだ。

戦後、Kさんの従姉妹にあたる人に突如、行方不明になったおじさんの霊が降りた。

「早く、おじいさん、おばあさんのところに連れて行こう」

その従姉妹は祖父母の前に連れて行かれ、親戚たちが続々と集まってきた。

その従姉妹は、銃を構えた姿勢をとり、その後、左胸に敵軍の銃弾を受けて死んだ様子を再現した。

従姉妹に憑依したおじさんの霊は、自分の最期を身内に知らせたかったのだ。

「あの子はそうやって死んだのかね」

祖父母は涙を流しながら、その死を受け入れた。

おじさんの霊は従姉妹の体を借りて両親に別れを告げ、兄弟一人一人に言葉をかけ、最後にまだ幼かったKさんのお母さんの頭をなでて、あの世に帰って行った。

その後、祖父母は仏壇におじさんの名前を加えた。

祖父母の中で、ようやく沖縄戦が終わったのだ。

8　ひだる神

月香さんはヒプノセラピストであり、お香や修験道にも詳しい女性である。

彼女は不思議な体験を多数している。

「この事務所に来る前に、市川市で古木にとまる天狗を見ました」

「市川市と言えば、うちの隣町だね。天狗は何をしてたのかな」

「環状線。新しい道路を見てたんでしょうね。天狗はつながる道とか見るのが好きですから」

そんな彼女が青森で体験した奇妙な話がある。

小学生の頃、彼女は青森に住んでおり、学校の山スキークラブに入っていた。

子供の山スキーといえども、本場青森の山スキーは厳しい。

全長十数キロの行程を廻って小学校に帰ってくる練習を、日々行っていた。

ある日のこと、山道を廻り田んぼのある山の麓まで来た時、不気味なものを目にした。

「あれは、なんだろう」

田んぼの脇にある〝百万遍〟と刻まれた石碑の脇に何かがいる。

一面雪にうずもれた中で、ひとつだけ顔を出す石碑の横に、半透明のぶよぶよしたモノが見えた。

「えっ、何？」

手足も何もないのだが、何故か子供のような気がした。

そう思った瞬間——。


（あれっ）


月香さんは、そのまま後方に倒れてしまった。

特に何かにつまずいたわけではない。まるで何かを食らったかのように倒れてしまったのだ。

「大丈夫？」

「気分が悪いの？」

友人たちが次々と駆け寄ってくる。何故か全身に力が入らない。

どうして体に力が入らないのか、どうして自分が倒れたのかもわからない。

（ああっ、こんなにも景色が綺麗だなんて）

騒ぐ友人たちを尻目に、そんなふうに思っていた。そして、自分に憑いたのはあの半透明のぶよぶよした子供だと確信していた。

（人間って、死ぬ時、こんな感じなんだ）

そう思いながら、彼女はぼんやりしていた。

結局、友人たちに担がれて、自宅に帰りついた。

しばらく休んだ後、ご飯を食べてテレビで『あなたの知らない世界』を見ていたら、何故か回復してしまった。

「あの体験は、餓死した子供の臨終シーンを追体験させられたのかもしれませんね」

月香さんはそんな話をした。

9　自衛隊の娯楽室

Sさんは I T や観光関連の仕事を一緒に行っている、徳島の友人の一人である。

ある日、彼がふとこんなことを漏らした。

「僕は子供の頃、やたらに霊感が強かったんですよ」

「マジですか。なんでそれを早く言わないんですか」

この会話をきっかけに、彼の心霊体験を聞かせてもらうことになった。


多感な子供時代を過ごしたSさんは、自衛隊に入隊した。そのキャリアは呉から始まり、岩国、徳島、厚木と続いた。

今ではすっかりベンチャー企業の社長のイメージが強い彼も、元々はバリバリの自衛官であった。

「自衛官はよく不思議な体験をするんです」

「やはり、旧日本軍の関連でしょうか」

「そうですね。やはり旧軍の施設を使ってますからね」

不思議な体験をする自衛官は多く、中には人格が変わったり退職したり、自殺してしまう者もいるぐらいであったという。

「幾つか不思議な体験をしてるんですが、中でも徳島の基地での体験は印象深いですね」

そう言って、生まれ故郷である徳島の基地に勤務していた時の体験を語ってくれた。


その夜、Sさんは同僚6人と飲食をして、すっかり気分がよくなっていた。

「娯楽室に行きましょう」

誰からということもなく、同僚たちと自衛隊の基地にある娯楽室に行くことになった。

このような娯楽室は自衛隊の基地に大概設置されており、徳島の某施設の場合、とあるビルの3階が娯楽室として設定されていた。

千鳥足でよたよたと階段を上がり娯楽室に入ったSさんは、なんとなく違和感を覚えた。

「この電灯、切れかかっている」

娯楽室の電灯が何度となく点滅し、チカチカと小刻みに部屋を照らしている。

「自分が新しい電灯と交換しますよ」

そう言って同僚が点滅する電灯をはずし、新しい電灯と交換した。

Sさんの話によると、自衛隊というのはあらゆるところに電灯などの備品のストックがあり、切れた場合はすぐ交換できる体制になっているそうだ。


「あれ、おかしいなぁ」

「まだ直らないぞ」

同僚たちは口々に不満を述べた。

新品の備品と交換したはずなのに、電灯の点滅は止まらなかった。この時、Sさんと同僚たちは若干の違和感を抱いていたのだが、とりあえず朝まで娯楽室で仮眠をとることにした。

その仮眠室には、ソファーのような長椅子がたくさんあり、一人一人がひとつの椅子を独占し、ベッドのようにして横になった。

だが、ここで再び不思議な現象が起きてしまう。


「プチン」

誰も触れていないのに、娯楽室の隅に置かれていたコンポの電源が入った。

「ハロー、ハロー、ハロー、ハロー」

コンポの前側にある液晶に、何度も何度も〝ハロー〟という文字が表示された。普通、起動した直後に一回しか表示されないはずである。

（なんで、何度も表示されるんだ。そもそも、誰もスイッチ入れてないのに、何故コンポが立ち上がったんだ）

横になっていたSさんは、言い知れぬ不安を感じた。

（これはまずいぞ）

彼の不安は的中する。

「カッカッカッカッ」

もの凄い勢いで一階から階段を駆け上がってくる音が聞こえた。

（革靴だ。誰かが階段を登ってくる）

その足音は猛スピードで上がってくる。

「カッカッカッカッ」

ひょっとすると、この音は自分にしか聞こえないんじゃないだろうか。
そんな気持ちになりかけた時、同僚の一人がつぶやいた。

「おい、なんだ。あの足音は……」

幻聴ではなかった。確かにこの足音は皆にも聞こえているのだ。
同僚全員にかすかな緊張感が走った。

「カッカッカッカッ」

足音は一直線に向かってくる。

(間違いない。この娯楽室のある三階に向かっている)

そう思うと、背筋を冷たい汗が流れた。

「カッカッカッカッ、カツン、カツン」

三階に到達すると、足音はゆっくりした足取りになった。何かを確認するかのように近づいてくる。

「……」

同僚全員が無言になり、神経のすべてが五感に集中した。

「カツン、カツン、カツン」

その足音はゆっくりと娯楽室に近づくと、突如

「バタン！！！」

もの凄い音でドアが開いた。

（ヤバい!!）

全身が総毛立ったが、その音の主は娯楽室に入ってくるわけでもなく、廊下を歩き始めた。

「カツン、カツン、カツン」

その足音は夜が明けるまで続いた。

結局、音の正体がなんだったのか、今もわからないという。

だが、付け加えるようにSさんはこんなことを言った。

「でもね。自衛隊の基地に出る幽霊って、決して自衛官には危害を加えないんですよ。僕らが後輩だってわかってるからじゃないですか」

10　上官

筆者の友人のSさんがまだ自衛官だった頃の話である。

各地の基地を転々としたが、必ずどの基地にも不気味な怪談話が先輩から後輩に語り継がれていた。

ある基地では、絶対開けてはいけないマンホールがある。無論、開けると不吉なことが起こるから開けてはいけないのである。

「馬鹿馬鹿しい、そんなことはないだろう」

必ずそう言って開けてしまうお調子者はどこにでもいるものだが、Sさんの同僚もこのマンホールを開けてしまった。

すると、その同僚は原因不明の高熱にうなされる結果とあいなった。

「たぶん、旧日本軍時代に人が亡くなったとか、何か事件があったんでしょうね」

Sさんがある基地で体験した出来事は、今でも忘れられないという。

「あれはいったいなんだったんでしょうか」

彼は遠い目をしながら語ってくれた。

その基地では、独身の者が週二、三回、夜間に巡回するのが決まりであった。同僚と二人一組で手分けをして見回るのだが、深夜の基地はやはり不気味だ。

「あそこはあまり行きたくないいな」

Sさんが特に嫌がっていたのは、基地の中にある資料館であった。

この資料館には、特攻隊の血判状や人間魚雷回天に関する資料など、一般に公開されていない貴重な物品が展示されていた。

人の生死に関する展示物ばかりである。やはり、夜に巡回するのは気分がよくない。

「早くすませてしまおう」

そう心に決めたSさんは、資料館の中に懐中電灯を持って入った。

「あれっ」

思わず声が出てしまった。

——館内に灯りがついているのだ。

（おかしいなぁ、外から見ると灯りは消えていたはずなのに……）

なんとも言えない不安な気持ちになって館内を巡っていると、上官らしき人物が資料館の展示品に見入っていた。

制服から判断すると、明らかに自分より上位の人物であることがわかった。

（あっ、上官だ）

思わずSさんは、元気よく挨拶をした。

「お疲れ様です」

「……」

上官にはその声が聞こえなかったのだろうか。何事もなかったかのように、館内を見回っている。

（こんな時間になんだろう。何か資料でも確認しているのだろうか）
そう思いながらも、上官を一階に残し二階に登った。
（この二階をチェックしたら、完了だな）
そう思いながら、二階の部屋を巡回し始めた途端、思わず息を飲んでしまった。
――一階にいたはずの上官が二階にもいるのだ。
（なんだ、さっきと同じ人物か、いやそんなはずはない）
戸惑いながらもSさんは、その上官の様子を観察した。
やはり、展示物を丁寧に見て回っている。
（どういうことだ。おかしいぞ）

その上官らしき人物が横を向いた瞬間、Sさんは恐怖のあまり全身が硬直してしまった。

――制服が旧日本軍のものであった。

（あぁぁ、この人はこの世の人ではない）

そう理解した途端、恐怖のあまり気が遠くなりかかった。

「プツン」

次の瞬間、資料館のすべての灯りが消えた。

「わぁぁぁぁぁぁ」

恐怖に耐え切れなくなったSさんは、二階の資料室から逃げ出し、階段に飛び出た。

「わぁわわわぁ」

しかし、あまりにも怖かったためだろうか、腰が抜けてしまってその場にしゃがみ込んでしまった。

「はぁはぁはぁ」

その階段にて、Ｓさんはそのまま気を失ってしまった。

彼にとっては数時間にも感じられたのだが、実際には数十分後のこと。

一緒に組んで巡回をしていた同僚が、あまりに彼の帰りが遅いので様子を見に来てくれて無事助け出されたという。

その基地では、資料館でこの上官の霊と遭遇する者が多く、中には精神を病んでしまったり、別人格になってしまう者もいるそうだ。

「いや、あんな体験はもうごめんこうむりたいですよ」

Ｓさんは懐かしそうな表情でそう締めくくった。

11　鬼の住処

先日、弊社のシンガー、水木ノアさんが故郷福島で開催した「宇宙人コンテスト」に参加した。

このイベントは、参加者がおのおの工夫を凝らし宇宙人コスプレを行い、ウィットに富んだスピーチを展開し、順位を競うものである。

単なるコスプレイベントと違うのは、どんなスピーチを行うのか、どんな設定をしてくるのかがみそである。

「私がマスクをしているのは、大気汚染された星から来た環境破壊星人だからです」

「私は水の惑星から来た、水質保全星人です。地球の水は綺麗ですか？」

といったように、社会風刺が利いていないと評価されないところである。

超満員の会場は終始笑いが絶えず、名誉顧問の矢追純一さんと共に楽しく審査させて頂いた。

このイベントは二〇一五年の秋で二回目だったが、今後も福島の人々の心を和ますために継続していきたい。

さて、このイベントに参加するために前日に福島入りしたのだが、時間があったので取材をすることにした。

「鬼婆に会いに行くかな」

筆者は、福島からほど近い二本松にある観世寺を訪ねた。

この寺には鬼婆伝説が残っており、巨大な岩の遺跡が鬼婆の住処として境内に残されている。

——みちのくの安達が原の黒塚に鬼こもれりと聞くはまことか

読者の皆さんも、有名なこの歌を一度は聞いたことがあるだろう。

二十数年前に訪問して以来の取材であり、筆者は心がはずむような気持ちであった。

「やっぱり、ここまで来たら鬼婆さんに挨拶しないとね」

そう言いながら、JRとタクシーを乗り継いで寺の門をくぐったところ、住職に声をかけられた。

のだ。


「山口さん、ですよね」

「はい、そうですが、よくおわかりになりましたね」

なんと住職は筆者が出ているテレビ番組をよく見ていて、顔を覚えてくださっていたのだ。


二十数年ぶりに見る鬼婆の住処は、明らかに古代の巨石文化の名残であった。

ちょうど二〇一五年の夏に岐阜県金山の巨石遺跡を見た後だったので、石の配置が意図的に削られた跡が大変興味深かった。

「たぶん、春分や秋分の日の出、日の入りの位置をこの巨石を使って観測してたんじゃないでしょうか」

筆者がそう指摘すると、住職は興味深い話をしてくれた。

「そう言えば、秋分の頃、日の入りが胎内くぐりの入り口にあたって、日の出が胎内くぐりの出口にあたりますよ」

これは大変興味深い発見であった。鬼と称された古代の人々が、天然の石を使って天文観測をしていたというのだ。

やはり、妖怪とは大和朝廷に逆らった石の民や鉄の民がモデルになっているのだろう。

そんな話をしながら、取材を終えて帰ろうとしたところ、住職がこんな不思議な話をしてくれた。

「一度だけ、不思議な体験がありました」

「何があったんですか」

「実は……」

住職の話によると、ある年の夜八時頃、寺の門も閉め、両親とくつろいでいると、
「こんばんは」
という声が聞こえた。
声からして檀家のXさんだとわかったのだが、どうも釈然としない。
――おかしい。門を閉めたから入れるはずはないのに
そう思い、本堂や境内を廻ったが誰もいない。
(おかしい、自分の錯覚だったのかな)

そう不審に思いながら居間に戻ったのだが、両親も不思議そうな顔でこう言った。

「確かに聞こえたよね」

あれは錯覚ではなかったのだ。確かに壇家のXさんの声だったのだ。

それから数時間後、Xさんの息子さんから電話があった。

「先ほど、父が亡くなりました」

やはり、Xさんは寺に来ていたのだ。住職は確信した。

「Xさんは、お寺の役員もしてくださったので、最期に挨拶に来られたんでしょうね」

住職はやさしい表情を浮かべこう言った。

翌日のイベントも終わり、千葉の事務所に帰ってきた時にこの話を水木ノアさんに伝えた。

すると、こんな話を彼女はしたのだ。

「あのお寺に行って住職に会ったんですか。それは奇遇です。住職のお父さんの招きで数年前、お寺のイベントで歌ったことがあるんですよ」

いやはや、縁とは不思議なものである。

12　通るもの

筆者が徳島に行った時、宿泊する定宿がある。Nという町にある某ビジネスホテルである。

何故この旅館が好きなのかと言うと、とにかく平衡感覚が崩れるのだ。

「なんだか、この町内、歩いているとふわふわしますね」

ある講演会の関係者は、僕を迎えに来た時にそう言った。

確かに、町全体がゆらゆらと揺れていて不可解であり、通りを歩いていると平衡感覚がおかしくなる。筆者はこう答えた。

「ひょっとしたら、町に時空の歪みがあるのではないでしょうかね」

普通なら怖がって泊まらないところだが、筆者の場合は逆であり、こんな宿ほど気に入ってしまうのだ。

ある日、友人との飲み会で遅くなり、深夜二時くらいに宿の前を歩いた時は、

——ゆらーり、ゆらーり、ぼんやりした黒い影が横切った。

（やはり、霊道ではないだろうか）

そんな話を自衛隊員であったSさんにしたところ、Sさんは声をひそめてこう言った。

「僕ね、あの町の生まれなんですが、あの通りって夜行っちゃいけないって言われたんですよ」

「ええ、どういうことですか？」

「いやね、あの通りで子供の頃、妙なモノを何度も見てるんです」

Sさんの話によると。最初にその通りで妙なモノを見たのは小学生の頃であった。

夜の二一時から二二時くらいの時間、Sさんは自転車でこの通りを走行していた。

すると、すーっと何かが横切った。

（今のはなんだろう）

大きさにして四、五メートルはあったかもしれない。付近にあるビルの二階ぐらいの身長があった。

また、風もなくすーっと横切ったそいつは、

――巨大なビニール袋のような姿をしていた。

その後、このような物体を二度三度と目撃したが、一番印象に残った物体は、

――上半身だけの肉の塊であった。

腕だけがついた上半身の肉の塊が、この通りをすーっと通り抜けていったのだ。

この通りの近くに住む友人に

「ねえ、あの通りって変なモンが通り抜けるよね」

と聞いたところ

「あぁ、夜なんかよく火の玉が通り抜けるよ」

と、あっさり認められたこともあった。

しかも、この通りを通り抜けるモノは、人間の身体をすり抜けるという。

「なんか、異次元の生物かもしれませんね」

Sさんはそう言った。

筆者の頭には、徳島の伝統的な妖怪の名前が浮かんでいた。

「Sさん、それって高坊主かもしれませんよ」

「高坊主ですか?」

「そうです。徳島に昔から出る妖怪で、巨大な身体で往来に立ち、人々を脅かすのだそうだ」

——妖怪高坊主は今も徳島の通りを(すーっ)と通り抜けているのだろうか。

13　密教というシステム

密教とは目に見えない世界と交渉し、その仕組みを変えるプログラムなのかもしれない。

筆者は最近そう思っている。これはそんな話だ。

埼玉県に住むSさんはある寺の住職をしている。密教の修行を積んでいるだけあって、その法力には定評があり日本中から祈祷の依頼が集まってくる。

「僕は霊というものをそこまで確信しているわけじゃないんです」

そう言ってはにかむSさんだが、筆者も以前お世話になったことがある。

ある日のこと、筆者の事務所の電話が鳴り、社員が対応した。

「先生、東京スポーツさんがお願いがあるとのことです」

「んっ？　東スポ？　UFOか何かが撮影されたのかな？」

そう言いながら電話に出ると、いつものオカルト担当Mデスクではなく、プロレス担当のA記者であった。

「山口さん、実はね、プロレスラーの大和ヒロシ選手の写真に妙なものが写り込んだんです」

「妙なものって？」

A記者は若干口ごもりながら、こう言った。

「大和選手の背後に、誰もいなかったはずなのに、女が、女がいるんですよ」

「女？　ですか。一応写真をメール添付で送ってもらえませんか？」

すると、一時間もしないうちに不気味な写真が送られてきた。


ポーズを決める大和選手の背後に、女のような姿が確かに確認できる。

「なんだ。これは」

何百枚も心霊写真を見てきた筆者でさえも驚くような一枚であった。

「まずは、この写真に写り込んだ物体が何か調べないといけない」

「山口さんのお力でぜひよろしくお願いします」

東スポ側も困惑している様子であった。


早速、弊社の霊感風水師あーりんにメールを転送して見せたところ、こんな意見がもらえた。

「山口さん、これはあれやな、狐と思う。女の形をした狐やな」

「狐、狐という見立てですか、うーむ」

あーりんさんの話によると、あまり害はないとのことであった。

(でも、このままというわけにもいかないし……)

どちらにしろ、あまり狐の霊を連れ歩くのも変な話である。

数日後、東京スポーツのA記者と話し合い、とりあえず憑き物落としをやることにな
った。

「どこか関東周辺で、よい憑き物落としの寺はないですかね？」

「そうですね　Sさんというお坊さんのところはどうでしょうか？」

筆者の提案にA記者は声をはずませた。

「山口さん、その様子も東京スポーツに掲載したいので、取材も兼ねてご同行願えます
か？」

(やはり、記事にするのか)

と筆者は思ったものの、そういう流れになるのは想定済みであり根回しは既にS住職には行っていた。

「いいですよ。そのかわり住職の名前とお寺の名前は出さないということでお願いします」

そして、憑き物落とし当日、筆者と妻、A記者、大和ヒロシ選手がそれぞれ車に乗り込み、埼玉のS住職のもとに向かった。

S住職はひと通り祈祷を終え、無事にすべてが完了した。

一同で御礼を申し上げ、A記者と大和ヒロシ選手の乗る車を送り出した後、筆者は住職と話をした。

「お見事でした」

苦笑いしながらSさんは答えた。

「いやいや、これが僕の仕事ですから」

「このような有名人が祈祷に来ることはあるんですか？」

するとSさんは遠い目をしながら、こう答えた。

「以前に、女優の○○さんに憑依したお岩の怨霊を落としたこともあるんですよ。お岩映画を撮影していたら、降りてきたお岩さんが抜けなくなってね」

さすがのSさん。無表情でいきなり怖い話をする。


「それでどうなったんですか？」

「落としましたよ。某撮影場所でね」

「ええっ、撮影場所で……。でも、たまに落ちない場合もあるでしょう」

筆者のこの質問にも、Sさんは涼しい顔で答えた。

「そういう場合は、山伏の友人と一緒に挟み撃ちにします。そうすれば大概落ちますよ」

「……」

筆者が言葉を失っていると、Sさんはこう付け加えた。


「でも、僕は霊の存在を信じているわけじゃないんです。でも何故か祈祷の手順を踏むと、霊に憑依されたという人が正常に戻るんです」

「ほう、それは不思議ですね」

「不思議なんです」

筆者とS住職は顔を見合わせて、ニコリと笑った。

14　思い出とＵＦＯ

筆者は小学生の頃、徳島市にある八万小学校のグランドにおいて、三角形で上下左右にジグザグに飛ぶ奇妙な物体を目撃したことがある。

ある日のこと、休み時間の終了を告げるベルが鳴り、グラウンドに散らばっていた生徒たちが一斉に駆け出した時、筆者は上空に不思議な物体が浮遊しているのに気がついた。

「なんかいな、あれは」

三角形の小さなピラミッドのような物体が、小学校の上空をジグザグに飛んでいる。

（やっぱりおかしい、妙な物体やな）

子供心にもはっきりと認識できた。鳥でもないし、飛行機でもない。唖然として見上げる筆者の横に、隣のクラスのＴ君がいた。

「あれ、なんと思ぅ?」

Tくんは笑っているのか怖がっているのか、不安げな顔で筆者に声をかけてきた。筆者もなんとも言えない表情で答えた。

「わからん、矢追純一の番組で見たUFOかもしれんなぁ」

「ほうか、あれがUFOか」

そう言いながらぼんやりと突っ立っている二人がふと我に返ると、グラウンドには自分たちしか残っていなかった。


T君とはその後、八万中学校、城南高校と一緒に進学するのだが、今年の夏に開催された城南高校の同窓会でもこんな言葉を投げかけられた。

「あれ、なんだったんかいな」

筆者は苦笑しながらこう答えた。

「UFOかもしれんなぁ」

子供時代のUFO体験は、懐かしい昭和の原風景と共に、我々中高年の心に深く鮮やかに刻まれているのだ。


他にも徳島県におけるUFO目撃談は多い。筆者の徳島県での活動をサポートしてくれているイベンターのOさんに先日、阿南市でのUFO体験を聞かせてもらった。

Oさんは阿南市で生まれ育ったのだが、父親が地元で教師をしていた関係で、子供時代には父親が指導する部活動をよく見学に行った。

父親がバスケットボールの指導しているのを横目で見ながら、一人ふらりと体育館の外に出た。

「なんか、おもろいことないかな」

「なんやろ、あの物体は？」

O少年の目に奇妙な物体が飛び込んできた。夕闇の中、まっすぐゆっくりと飛んでいる。飛行機特有の点滅するライトも装備してないうえ、ヘリコプターのような爆音も聞こえない。

ただゆっくりゆっくりと飛んでいるのだ。明らかに異様な物体であった。

「点滅してないし、飛行機とは違うな。なんやろか」

O少年が興味深く見守る中、UFOらしき物体は雲の間に消えた。

「うわぁぁぁ、あれ、UFOちゃうん」

大騒ぎで体育館の父親や生徒たちに呼びかけた。だが、幼いOさんの言葉に上級生や父親は耳を貸そうともしない。

「それはなんかの見間違いちゃう？」

「あほなこと言うな」

まったく相手にしてくれない。再び体育館の外に飛び出したO少年は、衝撃の展開に肝を潰した。

一度、雲間に消えたUFOが、再びUターンして雲から出てきたのだ。

「わわわっ、また出てきた」

腰を抜かしかけたO少年だったが、さらに驚く事実に気がついた。Uターンして再び雲の中から出現したUFOの大きさが、二倍近くに巨大化していたのだ。

「大きくなってる。やっぱ、UFOとちゃうの？」

O少年の大声に気がついた上級生たちも体育館の外に飛び出してきて、その物体に目を向けた。

「ほんまやな、UFOとちゃうか」

「ほんまや、初めて見た」

口々に仰天する上級生たち、子供たちの驚きぶりを尻目に、UFOはそのまま飛び去って行った。

Oさんは、その後高校時代にもUFOを目撃している。

高校時代、付き合っていた女の子と一緒にいる時、いい雰囲気になったのだが、何故か上空が気になった。

「えええっ」

「……なんなん、あれ」

Oさんと彼女は思わず言葉を飲み込んだ。ラブラブムードの二人が上を見上げると、

――そこにUFOがいたのだ。

ゆっくりと古い映画のコマ送りのように飛んで行くUFO。

「UFO……かな」

「UFO……よね」

先ほどまでの恋愛ムードはどこへやら、二人とも目を見開いて上空を見つめている。

その物体はかなりの低空飛行であり、手を伸ばせば届くくらいの距離に思えた。

(数十メートルぐらいやな)

Oさんはその物体との距離を推測しながら、形状を観察した。まるで、ウルトラマンに出てくる科学特捜隊が乗るビートルに巨大な翼を生やしたような外観をしていた。

「なんやろか」

呆然と見つめる二人の上空をゆっくりとUFOは通過していった。その後、なんともいえない微妙な空気が二人を支配したという。

UFOは一説に金属などに代表される物質ではなく、物質化したり消えたりする半物質だという。つまり、時間や空間を越えてくるUFOは通常の物体ではなく、霊体やエネルギーに近いものだという解釈があるのだ。

だから、UFOは一緒にいても見える人と見えない人がおり、人間の心の中に飛来するとされている。言い換えれば、UFOは常に思い出と一緒に記憶の中に存在するのだ。

15　ピピピ

Tさんは子供の頃、宇宙人に拉致られる体験を夢の中でした。
夢の中でTさんは手足を束縛されており、周囲にはグレイタイプの宇宙人が徘徊しており、意味不明の

『ピピピ、ピピピ』

という言葉を発している。

Tさんがいくら

『止めてくれ』

と叫んでも、言葉が通じないのか、グレイたちは気にもとめない。

最後は目が覚めたのだが、それ以来不思議なことがある。

Tさんの彼女の証言によると、目覚める時に

『ピピピ』

とか不思議な言葉をしゃべるらしい。しかも、しばらくその謎の言葉をしゃべることがあるという。

ある時などは、睡眠中にもかかわらず、ロボットのような声でこんなことを言った。

『ピピピ、リ・ョ・ウ・カ・イ』

16　光あれ

Nさんは大阪府でタクシー運転手をしている初老の方である。彼は若い頃、なんとも言えない不思議な体験をしている。

昭和五〇年代か、六〇年代のある日、Nさんは父親とその仲間を山に車で送って行った。父親と友人たちは山で山菜を採るという。

「山菜が楽しみや」

「おおっ、楽しみにしてろ」

父親と友人たちは、張り切って山に向かった。

「おう、そうだ。この時間に迎えに来てくれないか」

車の方に振り返った父親は夕方の時間を指し示した。

「わかったよ。山菜採り頑張ってや」

そう言ってNさんは父親たちと別れ、自宅に帰った。

数時間後、約束の時間にNさんは車で父親たちを降ろした場所に行った。

――だが、誰もいない。

しばらく待ったが降りてくる気配はない。

（やばいなぁ、道に迷ったのかな）

そう思い、待ち合わせの場所から更に山奥に向かって入って行った。

（おいおい、大丈夫か、この道）

道がどんどん細くなる。車が通るのも厳しくなった時、ぬかるんだ場所でタイヤをとられ、進退が行き詰まった。

「やってもうた」

一瞬、固まるNさん。

（あかん、このままでは俺も遭難してしまう）

Nさんは意を決して、車を放置し歩いて降りることにした。
既に山には闇が降りつつあり、周囲は視界がきかなくなっている。
まさに山は人間が入っていい時間から、魔物たちの時間に変わりつつある。

「はぁはぁ、はぁ〜」
自然と早足になるNさん。じわじわと周りから包囲網が迫ってくる。
誰かに追われているような感覚を受けた。

（なんか不気味やな、何か出てきそうだ）

言い知れぬ圧迫感を感じた。
すると遠くに、微かに光が揺らぐのが見えた。

（おおっ、人がいるのか、いや街灯があるのか!?）

幾分気持ちが楽になった。Nさんはその光に向かって駆け降りた。

どうにか光が見えた場所までたどり着いたが、光の原因らしきものはない。

（なんだぁ、人の懐中電灯ではないんかい。そやったら、俺が見たあの光はなんや？　街灯か、どうもおかしいぞ、街灯どころか光を反射する物すらない。いや反射する光源すらこの山の中には届くまいて）

そう思うと怖くなり、転がるように山道を駆け降りた。自宅に電車で帰ると、とっくに父親は帰宅していた。山で会った人の車で送ってもらったというのだ。

「人騒がせな」

Nさんは翌朝、知人の運転するダンプに乗って現場に向かった。ダンプでぬかるみから愛車を引っ張ってもらうためである。

車を引っ張ってもらいながら、昨夜見た不思議な光の話をした。

「なんか、不思議な話やろ？　俺は光に助けられたんやで」

すると知人は、嫌な表情を浮かべてこう言った。

「Nさんが光を見た現場ってさぁ、夫婦もんが心中した場所やで」

17　牛女、東北に現る

　飢饉や戦争、大地震の前兆として、人面で身体が牛の妖怪「件」の予言を聞いたり、顔が牛で身体が人間という妖怪「牛女」を目撃したりという話は多い。

　幕末の戊辰戦争、日清日露戦争、関東大震災、太平洋戦争と牛の妖怪たちは姿を現し、人間たちに警告を与えてきた。

　筆者の事務所の怪談作家・亀楽堂くんに聞いた話では、阪神大震災発生当時、震災現場に入った自衛隊の隊員たちも、件の姿を目撃したと言われている。

　どうやら、我々日本人は天災や紛争の直前に、牛の妖怪を幻視する傾向があるようだ。

　東日本大震災も例外ではない。八戸在住Sさんの体験を紹介してみよう。


　東日本大震災から二日目の朝六時頃。

　久慈市から八戸市に食料やガソリンを運ぶための道路が、地震で寸断された。

「おい、ガソリンがなくなったら、避難もできなくなるぞ」

「そうか、それは良い話を聞かせてくれた。ありがとう」

Sさんは友人からの電話で飛び起きると、不安げな母親に事態の深刻さを告げた。

「困ったわね。ちょっと状況を見てきてよ」

「わかったよ。母さん」


ガソリンが枯渇した場合、市内はパニックになるだろう。Sさんは着替えると、近所のガソリンスタンドの様子を見に行くことにした。

まだ肌寒い早朝、スタンドのある場所に向かって歩いて行くと、予想どおりの事態が起きていた。

「あぁ、やっぱり」

Sさんは大きなため息をついて立ち止まった。

「これは、まずい」

案の定、歩道には灯油を求める人たちの列があり、スタンド前の左車線にも五〇メートルくらいの車列ができていた。誰しも考えることは同じだったようだ。

懐から携帯を取り出すと、自宅で待機していた母親に連絡した。

「あぁ、母さん、灯油も時間の問題みたいだよ」

電話越しにも母親の困惑がうかがえた。

「まだまだ寒いから灯油がないと困るわ。早く買い出しに行かないと」

Sさんは、至急灯油やガソリンのキープに走らねばと、自宅に向かって踵を返した。

肌を突き刺すような冷気の中、トボトボと家に向かって歩いていると、四〇メートルくらい前方から誰かが歩いてくることに気がついた。

（んっ⁉　あれは誰だ）

目を凝らしたSさんだったが、よくわからない。

ようやく三〇メートルくらいの距離に接近して気付いたのだが、黒い和服を着た女性であった。

（あぁ、スナックのママさんかな？　地震で散らかった店の片付けにでも行くのだろうよ）

Sさんはそう思った。

ママさんらしき人物は自分に向かって歩いてくる。自分はママさんらしき人物に近づいていく。

二人の距離は、少しずつ近づいているのだが、なんとも言えない違和感に気がついた。

「あれっ？」

女性は丸髷を結っているのだが、そこから下の部分が妙に大きい。

（おかしい、頭があまりにも大き過ぎる）

また、黒い着物の裾には緑の蔦の刺繍があるが、何故か妙な違和感がある。

（なんだ、あれはそもそも人なのか）

更に接近し、その女性の顔がはっきり見えた時、Sさんは悲鳴を上げそうになった。

——顔がなかった。

丸髷から下、顔の部分に目、鼻、口がない。

「わぁぁぁ」

思わずのけぞるSさん。顔のない女がこっちに向かって歩いてくるのだ。

（顔がないなんて……。ひょっとしたらコイツ、ムジナなのか⁉）

Sさんの脳裏に小泉八雲が作品化した〝ムジナが化けたのっぺらぼう〟の話がよぎった。

だが、そいつの横を通り過ぎる時に気がついた。

――目が頭部の真横についていた。

そいつの右目は頭部の真横についていたのだ。

牛や馬のように真横にある目玉。

すれ違う瞬間、その目玉がこちらを見たような気がした。

そうである。

――妖怪「牛女」だったのだ。

18 震災と奇妙な雲

筆者の友人には、変わった人物が多い。人間の前世が見える、前世リーディング・鷹信夫もその一人だ。

「僕は前世に関しては、わりと明確に見えますが、幽霊はいつも薄ぼんやりとしか見えないんです」

いつも鷹さんはそう言ってとぼける。

神戸在住の彼は当然、阪神大震災の被災者でもある。

「あの時は、悲惨な思いをしました」

そう回想する鷹さんだが、震災の時、不可解なモノを目撃している。

震災から数日が経ったある日。ぼんやりと空を見ていた鷹さんの目に、不思議なモノが飛び込んできた。

（あの雲はなんだろう）

鷹さんの目はある雲に釘付けになった。ひとつだけ、他の雲と逆の方向に飛んで行く雲があったのだ。

（おかしい、あの雲だけ風に逆らって飛んで行く）

何故かひとつの雲だけがまるで意思があるかのように、ぐいぐいと遥か彼方に向かって飛んで行くのだ。

（えええっ、なんだ、あの連中は）

雲を凝視していた鷹さんは唸り声を上げた。

——雲の上に人間がいた。

その奇妙な雲の上には、大勢の人々が乗っていた。

雲の先頭には袈裟がボロボロになったお坊さんが立っており、同じように被災者と思えるボロボロの服装の人々が数百人つき従っているのだ。

（あの人たち、今から黄泉の国に行くんだな）

鷹さんはそう思うと切なくなり、心の中で雲に向かってそっと手を合わせた。

19　ピザのデリバリー大至急

鷹さんは、二〇一五年に入ってからはっきりと幽霊を見ることがあった。

自宅付近の神戸市長田区にある某交差点で、あるバイクに目が行った。

「なんや、あのバイク」

よく見るとピザの有名チェーンの配達用バイクであった。デリバリー中なのか、かなりスピードを出している。

「それにしても、飛ばしすぎやろ」

鷹さんはそう言いながら、目の前を猛スピードで通過して行くバイクを見ていた。

すると、バイクが交差点の真ん中で突入してきたトラックと接触した。完全に即死パターンである。

「あかん、危ない」

救出に行かねばと身構えた鷹さんの目の前で、トラックをバイクがすーっと通り抜けて行った。

「えっ」

何事もなかったかのようにトラックは走って行く。バイクの痕跡はどこにもなかった。

「今のバイクって」

鷹さんは呆然と交差点に立ち尽くしていた。バイクは乗っていた人物も含めて幽霊であったのだ。

「幽霊って、あんなに明確に見えることもあるんですね」

鷹さんは、他人事のように筆者に語った。

20　ベトナム戦争の軍服

Yさんは筆者がかつて主催した物書き講座の生徒さんであった。

彼女の周りでは、度々奇妙な体験が起きている。

「山口先生に言うまで、全然奇妙だと思っていなかったんです」

彼女はそう言って笑った。

彼女には四〇代の甥っ子がいるのだが、これはこの甥っ子の周りで起こった怪異である。

今から二十数年前、甥っ子はモデルガンを使ったサバイバルゲームにはまっていた。

「サバイバルゲームをやる度、生きている実感がするんだよ」

当時二〇代の甥っ子はYさんにそう語った。

ある時、サバイバルゲームに使用するために、ミリタリーショップに装備品をあさりに行った。

「おおっ、これなんか良いね」

米軍がベトナム戦争で実際に使用した軍服を購入してみた。やはり、リアルに戦場で使われた軍服は違った。手に持った時に、重量以外の何かの重みを感じた。

「なんとも言えない迫力があるじゃんか」

甥っ子は大層ご満悦であったが、その軍服にはどす黒い血の痕跡があった。やはり、どうしてもそれが気になる。

「この血の痕って、やっぱり撃たれた痕だよね」

何度か洗ったが、染み付いた血の汚れは落ちなかった。

「まぁ、いいか」

そう自分に言い聞かせ、甥っ子は軍服を自室に飾った。


だがそれ以来、奇妙なことが度々起こった。

自分の部屋にその軍服を飾っていると、

「ギッ、ギッ、ギッ、ギッ」

という奇妙な足音が聞こえた。
夜中になると、一階から二階にかけて何者かが階段を駆け上がってくるのだ。
「なんだ、あの足音は」
耳を澄ますと確かに階段を登ってくる。
(この軍服が原因なのか)
足音の主は、まるで毎晩、その軍服に会いに来ているかのように思えた。
あまりに奇妙な事が続くので、甥っ子は軍服を知り合いの寺に納めてみた。
すると、怪異は止んだという。

21　怪談グランプリの楽屋にて

筆者が発案し、友人の放送作家であるYさんに持ち込んでもらったのが、関西テレビの人気番組「怪談グランプリ」である。

毎回毎回、興味深い話を様々な怪談師が繰り出し、関西では夏の風物詩になりつつある。

二〇一五年の夏、三木大雲住職のお兄さんがお勤めしている寺院にて収録が行われた。楽屋には、筆者や竹内義和さんなど大勢の人が出入りしており、微かな緊張感と賑やかな雰囲気がかもし出されていた。

「敏太郎さん、ご無沙汰しております」

島田秀平くんが楽屋に入ってきた。この番組の常連であり、筆者の古い友人でもある。

「どうしたの？　顔色がよくないけど」

その島田くんが顔色を変えて楽屋に入ってきたのだ。

「いやぁ。ちょっと怖い話を聞いちゃいましてね」

「どんな話……」

「いや、これはテレビでは話せない話なんですよ」

筆者の目の前に座った島田くんが、困惑した表情で話し始めた。

島田くんの知人にEさんという映画関係者がいるのだが、彼が関わった映画制作の現場で、奇妙な出来事があった。

その映画は大勢のアイドルや芸人が出るホラー映画であった。

その制作現場にショートカットの似合うメイクさんがおり、スタッフや役者さんからもずいぶん親しまれていた。

「貴方がいると現場が明るくなるね」

「違う現場でも、メイクは君に任せたいね」

そんな感じで、明るく楽しい現場での撮影は進んでいった。


ある日のこと、Eさんは河原で行われていた撮影現場に出かけた。

「うわぁぁ、うわぁぁぁ」

現場からはスタッフたちが泣き叫ぶ声が聞こえた。

「おいおい、何かあったのか」

急いでEさんが現場に駆け寄ると、意味不明な状況になっていた。

「なんだぁ……これは……」

Eさんは思わずつぶやいてしまった。

あの可愛かったメイクさんが般若のような表情で立ち尽くし、その周りを手をつないだスタッフが取り囲んでいる。

「おまえら、俺をもっと拝め、俺をもっと拝め」

メイクさんは、男のようなドスの利いた声でどなり散らしている。

日頃の彼女からは想像もできない有様だ。

「もう許してください、許してください」

「ごめんなさい、ごめんなさい」

メイクさんの周りを数名のスタッフが数珠つなぎに手をつなぎ、泣きながら謝っている。

「おいおい。なんだこれは」

泣き叫ぶスタッフにEさんが駆け寄った。

「なんだ、この有様は」

「なんだかわからないけど、霊的なモノがメイクさんに降りたらしく、さっきから大暴れしてるんですよ」

Eさんは、スタッフたちを励まし、メイクさんの自宅の連絡先を調べ、メイクさんの両親に迎えに来てもらうことにした。

（たぶん、連日の撮影疲れから、あんなふうになってしまったんだよ。きっとそうだ）

相変わらず錯乱し続けるメイクさんを横目に、Eさんはそう言い聞かせた。

ようやく両親が到着し、メイクさんは抱きかかえられるように車に押し込まれる時、こんなことを言い放った。

「おい、おまえら、このまま行ったらこの映画、人が死ぬぞ」

その言葉にEさんとスタッフは背筋が寒くなったのだが、これで無事撮影が続行できることに安心した。

（何を言ってやがる、あんな言葉なんかに騙されないぞ）

内心Eさんはそう思いながら、撮影を続けた。

だが、この憑依されたメイクさんの予言は的中する。

この映画のメインキャストであったタレントが、交通事故で亡くなってしまったのだ。

「あの予言、本当だったんですよ」

Eさんは悲しそうな表情で島田秀平くんに語った。

22　映画と山口敏太郎の因縁、その事故と竹内義和の因縁

この話を聞いた時、筆者は言い知れぬ恐怖を感じた。

「ガチで心霊をやっていると、こういうことがあるんだよな」

筆者はぽつりとそうつぶやいた。

この言葉に島田秀平くんが反応した。

「えっ、どういう意味ですか」

「島田くん、この話をなんで僕にしたの？」

困ったような表情で島田くんは答えた。

「なんだか、この話は怪談グランプリで敏太郎さんに会ったら一番にしないといけないと思ったんです」

「意味もなく？」

「そうです。なんとなく、敏太郎さんに伝えないといけない。そんなふうに思ったんです」

筆者の背筋の寒さはピークを迎えつつあった。

「そのタレントさんが死んだホラー映画って、僕が原作なんだよ」

「なんですって。敏太郎さんが原作ですか」

「そうなんだ。メインキャストが亡くなってしまったから、お蔵入りになってしまったけどね」

この瞬間、楽屋の全員が押し黙ってしまった。

そうなのだ。筆者の怪談本をベースにホラー映画が作られることとなり、メインキャストとして事故で亡くなったタレント某氏が起用され、筆者も現場でその人に挨拶をしていたのだ。

「こんな気持ち悪い偶然ってあるんでしょうか」

「僕もショックだったよ。まさかメインキャストが亡くなってしまうとはね。ましてや、撮影現場でそんな事件があっただなんて」

「敏太郎さんもメイクさんの憑依と予言は知らなかったんですか」

「初耳だね」

島田くんの顔色が青ざめている。

因みに、その亡くなった方の奥さん役で、弊社から牛抱せん夏が起用され、他にも南部イチヒコや中沢健が起用されていたのだ。

「島田くんが話していた水辺のシーンは、中沢健くんが釣り人役で撮影したシーンだね」

こうなると楽屋は騒然とした雰囲気になってくる。

メイクさんに憑依したモノが島田くんを突き動かし、この事実を山口敏太郎に伝えたのであろうか。

すると、横で黙って聞いていた竹内義和さんが口を開いた。

「今、聞いててぞっとしたんだけど、あのタレントさんの交通事故って俺も関連があるんだよ」

「なんですって」

島田くんと筆者はいっせいに竹内さんの方に向き直った。

「実はね。あの事故の前に昔お世話になった人に連絡とりたくなって、あの人どうしてるかなって思ってたんだよ」

「まさか、その人って」

筆者が生唾を飲み込みながら聞き返した。

「そうなんだ。事故でタレントさんと一緒に亡くなったマネージャーさんなんだ。彼は僕の古い友人なんだ」

この言葉に、楽屋全体になんとも言えない鎮痛な雰囲気が流れた。

これは霊界からの何らかのメッセージだったのだろうか。

二〇一五年の怪談グランプリは、この楽屋話が一番怖かったという意見もあるぐらいだ。

事実は小説よりも奇なり。

23　寝ているとよく見ます

天空愛さんは、インスピレーションでアート作品を創り上げるアーティストだ。

彼女は奇妙な体験を何度もしている。


中学生ぐらいの頃は、よく金縛りに遭っていた。

ある時は何者かに足を引っ張られたり、空中に身体を引き上げられて壁を突き抜けながら身体をぐるぐる回されたりしたという。

また、目を瞑っていても落ち武者の姿が見えたり、耳元で喧嘩をする声が聴こえたりすることもあった。

しかし、あまり怖がりでなかった彼女は、金縛りに遭っても慌てず
「死んだくせに生意気だ、あっち行け！」

などと言って霊を叱りつけ、自分で金縛りを解いていたという。

何年か前の雪の降る寒い日のこと。とても印象深いことがあった。

寒くて夜中の三時頃に目が覚めた。

「んっ？」

右手を布団から出して寝ていたせいだろうか、右手がもの凄く冷えている。

右手を布団に入れて、寝なおそうとした時、妙な違和感に襲われた。

（おかしい、誰かいる）

どうも隣に誰かがいる気配がするのだ。夜のとばりに息を殺す何者かの気配がすぐ横に感じられる。

うつろな意識のまま、右手を布団に入れようとした時、

——誰かが彼女の右手をギュッと握った。

（ひぃっ）

びっくりした彼女は声を出してしまった。

「だっ、誰⁉」

その時、茶目っ気のある可愛い声で答えがあった。

「うふふっ、わからない？」

24　神様いらっしゃい

天空愛さんのおじいちゃんは不思議な体験をしたことがあるという。

筑波山にある雷神様にお参りに行った時に、思わず手を合わせながら、こう言った。

「どうぞ近くに来た時には家に寄って下さい」

あまり深く考えずにお願いしたのだが、数日後、雷が祖父の家に落ちた。

いくら神様と言っても、やたらに自宅に呼ぶものではない。

25　赤ちゃんに関する不思議

　神主女将たまきさんは、神主の資格を持つ女将さんで、筆者の業務を手伝ってくれる人である。

　彼女は三人のお子さんを育て上げた母親でもある。

「赤ちゃんって不思議なんですよ」

　赤ちゃんにまつわる不思議な話が幾つかあるというのだ。


　長男が三歳の頃、お腹の中にいる時の記憶を話してくれた。

「彼はお腹の中の記憶があったんです」

　たまきさんは妊娠中も仕事を続けており、出張なども普通にこなしていた。

　だが、五ヶ月に入ったばかりの頃、職場で破水しそのまま入院。その後四ヶ月間、ベッドから起き上がることもできないほど危険な状態が続いた。

　長男にはその時の記憶があったというのだ。

「ママがお仕事してたから、すごく苦しかったよ。でも、ママが入院してくれたから、それからはとっても気持ちがよくてぽよーん、ぽよーんって泳いでいたよ。生れてくる時はちょっと窮屈だったけど、〝やったー!!〟って。生まれてきた時、すごーく嬉しかったよ」

彼には胎内での記憶が明確に残されていた。

しかも、その入院中に、突然逆子になってしまうハプニングがあった。

絶対安静の状態であり、逆子を治す体操もできない。

（これはイメージングしかないわ）

と、たまきさんは考えた。マタニティ雑誌に掲載されていた妊娠六ヶ月のお腹の赤ちゃんの写真をベッドの横の壁に貼って、正常な位置に赤ちゃんがいるようなイメージを日々続けた。

「はははは、そんなことをやってるんですか」

担当の医師も看護師もまじめに取り合ってくれなかった。

だが、たまきさんはそんなことは気にせず、日々イメージトレーニングを続けた。

するとちょうど一週間後の夜中、突然お腹の中で赤ちゃんが動いた。

「ゴロゴロゴロ！」

もの凄い勢いで赤ちゃんが動いていく。


（あっ、逆子が治った！）


たまきさんは確信した。

「あれっ、逆子が正常に戻っている」

次の朝の検診、担当医は赤ちゃんの位置が正常に戻っていることを確認した。

「これはいったいどういうことだろう」

医師と看護師は、この事実に戸惑うばかりであった。

家族は医師から「赤ちゃんは助からないだろう」と言われていたそうだ。


また、次女が三歳の頃にも、不思議なことがあったという。

どんな話題だったのか覚えていないが、急に次女が妙なことを言い出した。

「ママ、覚えてないの？　僕のこと」

「なんのことなの？」

娘はいつも自分のことを名前で呼ぶのだが、何故か「僕」と言い出した。

「ママとすごく仲良くていつも会っていたのに。ほら、僕の髪の毛はこんなで」

と言いながら、坊主頭のような仕草をした。

「それに、ママのところに生まれるよって約束したの、覚えてないのー？」

という話をする始末。

前世では次女はお坊さんで、たまきさんの恋人だった。

彼女はそう思うとなんだか嬉しくなってしまうという。

26　塩むすびと妖怪

竹内義和さんには、以前から大変お世話になっている。

以前、関西テレビで放送された「未確認思考物隊」という番組で共演してからのお付き合いだ。

二〇一四年からは、竹内さんがメインを務める大阪のライブハウス「アワーズ」で、毎月のように「超怖談」というライブイベントをやっている。

これは、竹内さんから聞いた和歌山の妖怪談義である。

昭和三〇年代から四〇年代にかけて、竹内さんのお父さんが体験した話。

当時は和歌山市内といえども、まだまだアスファルトで整備されていない。あぜ道のような道がたくさん残っていた。

そのうちのひとつを歩いていると、ひとつの祠のある場所までやってきた。

（はて？　あのお坊さんは、いったいなんだろう）

竹内さんの父親は、祠の前にぬぼーぅと立っている身長の高い人物に目が行った。服装から判断すると、山で修行をしているお坊さんか、山伏の類であろうか。

（おや、あの男、塩むすびが気になるのか）

その巨大な男は、祠に奉られている塩むすびを凝視している。そして、がっしりした手で塩むすびを掴むと大きな口でかぶりついた。

「はぐっ、はぐっ」

よほど腹が空いていたのであろうか。男は必死になって食べている。

竹内さんの父親がじっと見ていることに気がついたのか、男は

「グギギギ」

と奇妙な音を立てて振り向いた。

「うわっ」

竹内さんの父親は腰を抜かしそうになった。

――男の顔には大きな目玉がひとつしかなかった。

呆然とする竹内さんの父親に向かって、妖怪は威嚇をしてきた。

「がううううっ」

今にも食いつかんばかりの勢いである。

あまりの恐怖に、竹内さんの父親は転がるように、あぜ道を逃げ帰ったという。

あぜ道のあった時代、まだ道端には妖怪が出たのだ。

27　おばあちゃんのメッセージ

心霊体験の中で、身内の霊がやってくることは多い。特に孫に会いに来る祖父母の霊の話は多い。

神主女将のたまきさんの体験はこんな感じだ。

中学生の時、夜九時過ぎに自室で勉強していると、ふっと何かの気配を感じた。

（んっ？　なんだろう）

彼女の視線は無意識に時計に向けられた。時間は「九時〇〇分」。

何故か尋常ではない胸騒ぎがして、部屋を出ると妹がそこにいた。

「お姉ちゃん」

「えっ、なんなの」

妹は驚いたような顔をして聞いてきた。

「今、誰かがノックをしたみたいだけど、お姉ちゃんだったの？」

「ええっ？　違うよ」

「じゃあ、いったい誰が」

姉妹で同時に不思議な体験をしたので、不気味に思っていると、曾祖母が亡くなったと連絡が入った。

しかも、亡くなった時間を聞いて、たまきさんはびっくりした。

「私が確認した時刻だったんですよ。妹の部屋をノックしたのも、ひいおばあちゃんだったんだね、と妹と話しました」

そうたまきさんは筆者に語った。


以前、この呪いシリーズの『呪い屋敷』にて、「黒いデメキンと小さな武士」という体験談を掲載させてもらったAさん。

彼とは今も子供番組でコンビを組んでいる。

先日も大阪ロケで話したのだが、またまた奇妙な体験があったというのだ。

今年祖母を亡くしたAさんの枕元には、度々祖母がやってきてはメッセージを残していく。

――権利書の場所
――お金の在り処
亡くなった祖母しか知らないことばかり当てるので、Aさんの両親も驚いているという。

ある日の夢には、祖母と背広の紳士が出てきて深刻な顔で警告してきた。

「庭の隅に水がたまっておるので、どうにかせい。しないととんでもないことになる」

目が覚めた後も、Aさんは意味がわからなかった。

(妙だな。実家の庭に水なんかたまる場所があったかな)

少々不思議に思ったものの、夢の内容を両親に伝えた。

だが、両親は笑って相手にしない。

「水なんかたまってないよ」

「でも、とにかく調べてみてよ」

するど興味深いことに、庭の片隅から龍神を奉った石碑が出てきた。

昔の庭の写真と照合してみると、庭には龍神の石碑と神木を奉っていたのだが、家を建て替えたりするうちに忘れ去られていたのだ。

「すると、その背広の紳士が龍神さまなんですかね」

筆者の質問にAさんは真顔で答えた。

「今風なんですよ」

28　妖怪さるすべり

作家の竹内義和さんの実家は和歌山県にある。和歌山では最近まで、妖怪伝説がリアルな不思議体験として語られてきた。

竹内さんの父親Wさんが子供だった頃というから、昭和初期の頃。

竹内さんの実家では、縁台を出して夕涼みをしていた。

「ようし、影ふみやろう」

「花火がいいよ」

大人たちがスイカを食ったり、うちわで涼をとりながら将棋に興じる横で、子供たちもめいめいに遊びに没頭していた。

古き日本の楽しげな夕暮れ時である。

そんな中でW少年は、奇妙な人物を見かけた。

近所のあちこちに縁台が置かれ、ゆっくりした時間が流れている中で、誰とも話をせず、ただ一人座っている老人がいた。

(あの人はなんで誰とも話さないのだろうか?)

W少年が観察すると、周囲の大人はその人がそこにいないかのように存在を無視していた。

(あの人に話しかけてみよう)


そう思ったW少年と数人の子供がその老人に近づいた時、

「その人に近寄っては駄目だよ」

と、近所のおばさんの声が飛んだ。

「えっ、なんで駄目なの?　おじいちゃんにお話聞かせてもらいたいだけやのに」

「あかん、あの人はもう死んでるから」

「死んでる?　だったらあそこに座っている人は誰なの?」

「あれは妖怪や、妖怪さるすべりや」

「妖怪さるすべり……」

そう言われて、W少年の脳裏に、過去に肉親の年長者に言われた記憶が蘇った。

「このあたりには、昔から妖怪さるすべりというモノが住んでおってな、人間に化けて誑かすから気をつけろ」

と注意されたことがあったのだ。

このさるすべりだが、実際にはリスのような小動物であり、狐狸のように人間に化けて数々の悪さをするという。その妖怪がこの老人に化けているのだ。

「子供をばかしたら、あかんよ」

近所のおばさんが、井戸の水を老人にぶっかけた。

すると、老人はしゅるしゅるしゅると小さな動物になり、山に逃げ込んでいった。

29　新居に住めない

神主女将のたまきさんは、結婚してすぐに実家の近くに新居を建て始めた。

「うわぁ。楽しみだわぁ」

「早くここに住めると良いね」

夫婦でこんな話をしながら、新居での生活を夢見ていた。

だが、地鎮祭の直前に、本社から大阪へ転勤辞令が出てしまった。

「ええっ、そんなぁ」

「ごめんね。会社員の宿命なんだよ」

平謝りに詫びる夫を責めることもできず、結局、新居の建設はそのまま進め、家族で大阪に引っ越しをした。


大阪での暮らしにも慣れてきた翌年末には、今度は札幌へ転勤辞令が出てしまった。

「今度は北の果てね」

既に新居は完成しているものの、関東の本社にも帰れず、新居は放置したまま札幌に引っ越すことになった。

転居は年明けでも良いという話であったが、

「引っ越しは年内に終わらせて、新年は札幌で迎えたいよね」

家族でそんな話をしながら、一二月中に引っ越しを済ませ、新年は札幌で迎えた。

その数日後、阪神大震災が発生した。

崩壊した街のニュースを眺めながら、家族一同言葉を失ったという。

するとその半年後に本社に戻ることになったのだが、一度会社の借り上げ社宅に入居した。

結局、新居には入ることはなかった。

実は新居のあった土地は、過去に殺人事件があった事故物件であり、不吉なものであったことが後に判明したのだ。

関西からの急な転勤といい、新居に何故か入れない巡り合わせといい、人間と住居には運というものがついて回る。

30　遠野の夜と座敷わらし

山口敏太郎は、某カルチャーセンターでオカルト関係の講座を持っていた。今も「山口敏太郎のオカルト漢塾」として、その講座は都内でほぼ毎月開催されている。

また、年に一度のペースで、不思議スポットや伝説を巡る「山口敏太郎の妖怪ツアー」もあり、こちらも人気だ。

これは二〇〇八年に催された「遠野妖怪ツアー」に参加した、会社員Sさんの体験である。


このツアーには多くの妖怪マニアが参加した。

「今夜の宿が楽しみだね」

「一番の目的は座敷わらしに逢えるかどうかだよね」

参加者は妖怪史跡を巡りながら、そのような会話ばかりしていた。

というのも、この日ツアーで予約した遠野市内の某宿には、ご主人公認の〝座敷わらしの出る部屋〟があるからだ。

驚くべきことに、遠野市内には五、六軒このような場所がある。

このツアーの数年前、
「どうしても、ここに泊まりたいのです」
「山口さんももの好きですね」
「じゃあ、いいんですね」
「はい、わかりました。いいですよ」
と頼み倒して、その部屋に宿泊し不思議な体験をしていたのだ。

あの日も昼間はあちこちを観光し疲れきった筆者と妻は、夕食を食べるや否や熟睡してしまった。

いつも明け方まで起きている筆者も睡魔に勝てず、数時間のまどろみを満喫した。

（んっ？）

真夜中に覚醒した筆者の目には、妻が熟睡する姿が飛び込んできた。

（おや、何か聴こえる）

筆者は布団の温かみを感じながら、部屋の中を見渡した。

筆者が目を覚ましたのには理由があった。

「キャキャキャキャ」

部屋のどこからか、女の子の嬌声のようなモノが聞こえるのだ。

（おかしい、誰もいないはずなのに）

「キャキャキャキャ」

声はまだ聞こえている。

布団から這い出て周囲を見渡した。この日は筆者夫婦しか宿泊客はいなかったはずだ。

（あぁ、そうか、窓の下だな。外だ）

そう思い、窓まで擦り寄ると、窓の下を見下ろしたが、外にも誰もいない。

（なんだ、この現象は……）

「キャキャキャキャ」

一体この声はどこから聞こえているのだろうか。そう思って妻が寝ている方を振り返った時、

――小さな光の球が妻の上に浮いていた。

（なんだ、あれは）

息を飲む筆者。全身の毛穴が同時に開いたような気がした。

「スパーン」

その小さな光球がスパークした。まるでフラッシュライトのようであった。

「うわっ」

筆者がひるんだすきに、光球も女の子の嬌声も消えていた。

この体験は筆者にとって、なんともいえない体験だったし、物書きとして分岐点とな

った体験であった。

不思議なことだが、この体験以降、筆者の仕事は急激に増えていったのだ。

「僕が見たのは座敷わらしだったかもしれないね」

そんなふうに講義でしゃべった途端、今回のツアーのメインテーマは〝座敷わらしに逢いに行きたい〟となってしまった。

当日、山口の案内で一行は遠野市内を車で回った。

コースには『遠野物語』に出てくる有名な逸話の場所はもちろん、山口が地元の知人から聞いた、知られざる伝説の地も含まれ、参加者一同、山口の説明にとても興味深く聞き入っていた。


さて、その日の夜。

座敷わらしが出る部屋に交代で泊まることになり、初日はSさん、Bさん、Iさんの男性三人、二日目は女性の参加者三人がその部屋に泊まることになった。

「ようし見るぞ」

「座敷わらしちゃん、逢いに来い」

食事は済ませてきた三人は、後は風呂に入って寝るだけだった。

「座敷わらしが出るまで。昼間見て廻った不思議スポットについて語り合おうか？」

「いいねえ、それ」

煙草を吸いながら男三人で、今日訪れたコースのことを話し始めた。

その時、Ｓさんは妙な音に気がついた。

語り合う声にまぎれて、時々小さな音が聞こえるのだ。


「ポコ……ポコ……」

（んっ？）


どこからともなく聞こえてくる。

紙を指ではじくような、お湯が沸いてあぶくが割れる時のような、そんな音だ。

「ポコ……ポコ……」

小さいが確かに聴こえている。数秒の間隔で聴こえてくるのだ。

（はぁ、何だろう？）

Sさんは部屋を見回したが、そんな音が出るようなものはない。

横で話しているBさんも隣りのIさんも気づいていないようだ。

（まぁいいや、気のせいか）

と思って、話の輪に入っていった。

しばらく話をして、三人は新しい煙草に火をつけながら、ツアーとは関係ない雑談に興じた。

その時
「ポコ……ポコ……」

また、さっきの音が聞こえた。

「うわっ、まただ。何だろう？」

Sさんはぴくりと反応し、周囲を見渡した。

「あの音、聞こえませんか？」

Bさん、Iさんは S さんに言われて初めて気づいたようだ。

「ポコ……ポコ……」

「本当だ。何だろう？」

三人で音の出所を探して部屋の中をきょろきょろしている時、Sさんは障子窓がおかしいことに気がついた。

「あれ……？」

この部屋の、駅に面した部分の窓ガラスは、室内側に障子戸がある。その戸の障子紙が、小さく内側に向かって膨らんでいるのだ。

「この膨らみはなんだろうか」

「ぁぁ、なんだこりゃ」

三人が覗き込んだ部分には、直径一センチぐらいの小さな円形の膨らみが、部屋に向かって隆起していた。

「ポコ……ポコ……」

音はそこから聞こえていた。

目の前で円形に障子が膨らんだり、へこんだりしている。

「おいおい、なんだこれ」

三人はぎょっとして障子戸を見つめた。

「やっぱ、こういう話をしてると来るんだよな」

Bさんがつぶやいた。

黙って見ているうち、やがて音は聞こえなくなり、障子紙が膨らむこともなくなった。

「空気の関係でたまたま障子が膨らんだんですよ」

Sさんは笑いながら筆者に翌朝説明した。

「でもなんで丸い形に膨らむんですか」

その答えには、何も答えられなかった。

31　火の玉を見たＵＦＯおじさん

テレビ朝日のビルの屋上にＵＦＯを呼び、世界のビートたけしにＵＦＯを見せた男と言えば……

——武良信行である。

ここ数年のＵＦＯブームの火付け役になったのは間違いない。

彼が上空に向かって呼びかけると、何故かＵＦＯがやってくるのだ。

「ゆんゆんゆんゆんゆん」

すると数時間以内に、上空に丸い物体が幾つか現れる。

「敏太郎さん、なんでこんな現象が起こるんですか？」

「いったい、この物体なんなんですか？」

スタッフの顔色が変わり、筆者に説明を求めてくるが、筆者にも理由はわからない。

武良信行さんは、鳥取県境港に生まれ関西に移住した。元々は隠岐に居住していた武良一族は、変わった人材を出していることで有名だ。かの漫画家の水木しげるも縁戚にあたる。かたやUFOおじさんであり、かたや妖怪の大家である。恐るべし武良一族。

「武良さんは、心霊体験ってやつはないんですか？」

筆者の質問に彼はこんなふうに答えた。

「僕の不思議体験は、終戦直後まで遡るんですよ」

田舎の夜道をおばと歩いている武良少年。昼間の疲れからか、足取りが重い。そんな武良少年を見ながらおばが声をかけた。

「信行、肩車してあげようか」

武良少年はおばの気持ちが嬉しかった。

「うん、ありがとう」

おばに肩車される武良少年は嬉しそうな表情を浮かべた。

この時、二人の目前で怪異現象が起こった。

「ぶわん」

前方に数メートルの巨大な火の玉が出現した。

「あわわわわっ」

腰を抜かしそうになるおば。

「うわあぁぁ」

大声を上げる武良少年。

そのまま二人は記憶がなくなり、気がつくと自宅の前にたどりついていたという。

「あの時、火の玉に何かされたんでしょうか？」

武良さんは、苦笑いしながら回想してくれた。

今でも、火の玉と遭遇した後のことは、二人ともまったく記憶がないというのだ。

「僕の前世に関する不思議な事件も学生時代にありましたね」

「前世ですか？」

この火の玉遭遇事件から数年後、武良信行氏の霊性が目覚める事件が起きる。

当時一〇代の学生であった武良少年は、海洋関係の学校に通っていた。

その学校では、ハワイの近くの海域まで行き、研修するのが単位のひとつであった。

太平洋上のあるポイントにて、研修船に武良が乗っていた。

気分悪そうな武良青年に向かって、同級生が声をかけた。

「おい武良、大丈夫か、顔色が悪いぞ」

「あぁ。なんだか気持ちが悪くて」

「無理するんじゃないぞ」

「ちょっと船室で休んでくるわ」

船室の中で休む武良青年。

「うむむ」

ベッドで苦しむ彼はいつしか、不思議な世界の夢を見ていた。

「くっ、苦しい」

すると苦しむ己の脳裏に古代の帝国の風景が広がった。まるで、映画のワンシーンのようであった。


（なんだぁあ、この映像は）


壮大なシーンに武良青年は仰天した。

目の前には壮大な帝国が広がり、武良は王座に座っており、目前に居並ぶ群集の大歓声に応えていた。

「わーっ、王様、ラムー、ラムー」

はっと目を覚ました武良青年。

全身にじっとり汗をかいている。また、耳にはあの大歓声が残っている。

(あっ、今のは、自分の前世の映像だったのか)

不思議な感覚にとらわれた彼は、船の下の海底にかつてのムー帝国が広がるのを感じた。

「不思議な夢でしょ。それ以来、僕前世はムーの王様だったって思ってるんです」

武良さんは悪戯っぽく笑った。

それ以来、武良さんは、何十年もの間、数千枚ものUFO写真の撮影を行ってきた。

そして、多くの番組や雑誌で活躍をしてきた。

火の玉体験とムー大陸の前世、ＵＦＯおじさんの活動は不思議なものに支えられている。

32　双子の金縛り

　かつて筆者は、中野にあるお洒落なバーでミニライブを度々行っていた。毎回、なかなか好評であった。

　マスターが大の怪談好きで、それがご縁でライブが敢行されたわけだ。ある日などは、夜の二二時から始まって朝の六時三〇分まで合計八時間三〇分というロングランライブを行ったことがある。

「起きている人は何人いますか？」

三〇名近くいた観客のうち、眠ってなかったのは六、七名であった。そのうちの一人が漫画家さんであり、後にある作品でコンビを組むことになる。

「まさに、怪談巌流島ですね」

　今でも当時の参加者に冷やかされることもある。

　そのライブにて、観客の一人が教えてくれた怪奇体験について書いてみよう。

その観客は、男性であり双子の兄弟と共に来場されていた。

「双子に関する妙な話があるんですが」

「おもしろいですね。ぜひお話しください」

その男性は、双子にまつわる不思議な話を披露してくれた。


ある夜のこと。

睡眠中の彼を金縛りが襲いかかった。たちまち全身が膠着し、まったく動けない。

「ううっ、うっ、うっ」

苦しくて声も出ないし、手足も動かない。

「くっっう、くっっう」

強引に金縛りを振りほどこうとしたが、どうにもならない。


（やっ、やばい動かない）


焦るがどうにもこうにも動かない。

そのうち付近に人の気配がした。

（ん⁉）

明らかに人がいる。じっとこっちを見つめている感じがするのだ。

（誰だ、誰かいる）

次の瞬間、背筋がぞっとした。

――近くに女の子がいた。

女の子がじっーと見つめていたのだ。

「………」

なんともいえない嫌な時間が流れていく。

だが同じ時間に、双子の兄弟も奇妙な体験をしていた。

一人が睡眠中に金縛りで苦しんでいる時。もう一人は勉強机に向かっていた。

「今夜中に勉強しとかないと、まずいからな」
懸命に勉学に励んでいた。
だが、兄弟が金縛りになった同じ時間に、机に向かったままの状態で金縛りになった。
（うっ、動かない）
手も首もまったく動かない。
（えっ？　どうして、座ったままの状態で金縛りになるんだ!!）
自分が置かれている状況が理解できなかった。
（なんだよ、この金縛り）
恐怖が頂点に達した時、ふと気配を感じた。
——後ろに誰かいる!?

視線だけをゆっくりと背後に動かした。

――背後に女の子がいた。

33　河童の正体

河童の正体には諸説ある。

ザビエルなど南蛮人が河童のモデルになったとか。

おかっぱヘアーで人気者だった若衆歌舞伎の役者がモデルになったとか。

水辺で水死した子供の霊がモデルになったとか。

その大部分が、人間がモデルであると言われているのだ。


筆者の読者であったPさんの実家は新潟だという。

「うちの一族はな、河童に助けられた一族なのじゃ」

不思議な話だが、Pさんは子供の頃から、親戚の老人たちからそう教わってきた。

実家は古くから続く農家であった。

昭和の頃は豊かな暮らしをしていたその家も、江戸期には貧窮した時期があった。

毎年のように付近の川が氾濫し、水害で農作物が壊滅していたのだ。

「毎年起こる水害をどうしたら、いいのだ」

「まったくだ、また今年も水害でやられてしまうだろう」

「このままでは村は餓死するしかない」

江戸の頃、よく肥えた土地は、豊かな実りを約束してくれた。

だが……、毎年秋に起こる水害がすべてを破壊していた。

当時の農民の知識では河川の氾濫を防ぐことができなかったのだ。


「もう、この土地では、田んぼや畑は無理かもな」

「どうしたらいいのだろう」

頭を悩ます農民たちの相談に乗ったのが、旅の浪人であった。

その浪人は、ここ数週間、村に滞在していた男であった。

「もし良かったら、私がお助けいたす」

浪人の言葉に人々は歓喜した。

どうやら、この浪人は土木工事の知識があるらしく、この暴れ川を押さえつけることが可能だというのだ。

「あのお侍の学問は、きっとおらたちを救ってくれる」

「そうだ、そうだ」

村の人々は彼の知識に賭けてみたのだ。

「どこの馬の骨かもわからぬお人など」

「あんな流浪の侍の言うことなんか、当てにならない」

中には浪人を悪く言う者もいたが、浪人は懸命に働いた。日々村を巡り、地形を読み、地質を調べて廻った。

農学や土木を学んでいた彼は、水害に強い作物を教えて廻った。決壊しやすい川に堤防を作った。

そして、翌年の秋、再び川が氾濫する時期がやってきた。

また今年も村の田畑が全滅すると思われたのだが、侍の作った堤防は見事に村を守り抜いた。


「ありがたい、ありがたい」

「あのお侍さんのおかげで村は救われた」

人々は旅の浪人に感謝した。

だが、村人と浪人の幸せな日々はその後、長くは続かない。

ある日のこと、村の名主や主だったものが、代官所に呼ばれた。

「お代官さま、わしらに何かご用向きでもございますか」

代官はにやりと笑って話を切り出した。

「実は、江戸で幕府転覆を図った浪人たちが捕らえられた事件があってな」

「ええっ、そのような大事が……」

代官はそのまま続けた。

「その一味の者が、この越後に逃走しておるのじゃ」

名主たちの頭には、浪人の笑顔が浮かんだ。


(あぁ、あの侍はお尋ね人であったのか)

(だが、自分たちの村を救ってくれた浪人を差し出すわけにはいかない)


沈黙し、体をぶるぶると震わす農民たち。その姿をじっと見つめる代官。

「その方たちの村に、怪しい浪人者がおったと聞くが……」

代官はとぼけた顔で、庭でうずくまる農民たちに質問した。

農民たちに緊張が走った。

「いえ、そのようなお人はおりませぬ」

名主が声を震わせて答えた。

代官は質問を続けた。

「では、あのような立派な堤防を築き、その方らを救った男とは何者じゃ」

この強い口調に、農民たちは総身を縮めたが、名主は勇気を振り絞った。

(あのお侍の勇気に応えよう。ここで負けてはならぬのだ)

名主は断言した。

「あの男は、河童でございます」

一瞬、代官の表情が固まった。

だが……破顔一笑。

次の瞬間、笑みが広がった。

「ほう、河童か、ならば仕方ない。お上には河童であると知らせておこう」

代官はそう言うと豪快に笑った。

妖怪伝説とは、こんな使われ方もしているのだ。

なかなか粋な話ではないか。

34　霊を信じないお坊さん

プロレスラーの大和ヒロシ選手をお祓いしたSさんだが、基本的に霊を信じていない。

「山口さん、僕はね、散々不思議なものを見てきたけど、いまだに霊は信じてないんです」

住職はこんなことを言った。

「それもいいと思いますよ。そういうお坊さんもたくさんいますよ」

「でもね、否定できないことはよくあるんです」

「あぁ、僕はそういう話を聞きたいんですよ」

筆者の言葉に、Sさんは自分の不思議な体験を語ってくれた。

「僕の友人の僧侶が、霊が見えるって言ってるんですよ」

「はぁ、そう主張する人がいるんですね」

筆者は相槌を打った。

「そこで、ある実験を行ったんです」

「実験ですか？」

「はい、実験です」

Sさんは笑った。


住職であるSさんは、毎年お盆になると寺の周囲に点在する檀家を廻る。檀家と話をして、先祖霊への供養と、檀家の人々への挨拶をするためだ。檀家は数十軒あり、一人で廻るのは大変である。そこで、毎年助手を連れて歩いている。

それが、友人の僧侶某さんである。

彼は前々から、

「私には霊が見えるんですよ」

と言っていた。だが、当然のことだが、Sさんは懐疑的であり、こう思っていた。

（ようし、いつかこの人の霊視能力を試してやろう）

実は檀家の中に、その年、奥さんが悲劇的な亡くなり方をしたご家庭があった。

(もし本当に霊が見えるなら、新盆の今年、何かが見えるはずだ)

住職は、何も言わず友人を連れて、檀家廻りをした。

当該の家に来た時、友人は足を止めた。

「んっ?」

いぶかしげな表情を浮かべ、中に入ろうとしない。

「おやっ」

不審そうに見渡す友人。

Sさんの挨拶が終わり、外に出てくると、友人の僧侶はこんなことを言った。

「Sさん、なんで黙ってたんですか」

「何が?」

とぼけるSさん。

すると友人は困ったような表情を浮かべてこう言った。

「〇〇した女性の霊がこの家の中にいるんで、怖くて入れないじゃないですか」

（死因まで当たっている）

Ｓさんは驚いた。教えてもないのに、死因まで言い当てているのだ。

「山口さん、それでも僕は霊を信じないんですよ」

なかなか頑固である。

35　働きすぎると見ちゃいます

筆者はよくある質問をされる。

「こういう仕事をやっていて、山口さんは霊を見ないんですか？」

この質問は今まで何回されたかわからないぐらいに多い。

「働きすぎるとよく見ます。最近は徹夜すると見ますね」

こう答えると、軽く笑いが起こるのが常だ。

筆者の鉄板ネタのひとつである。

今から数年前には、無理やり行かされた廃墟取材後、黒い影のようなヒトガタを見たことがある。

「喉がかわいた。ドリンクを買いに行こう」

夜中に筆者は妻と一緒にコンビニに行くことがある。夜中の散歩は、執筆に行き詰まった時に筆者が使う有効な気分転換だ。

「おやっ」

いつの間にか前方をワイシャツ姿のサラリーマンが歩いている。

(あんなところにサラリーマンがいたかな)

訝しげな表情で筆者が観察をしていると、左側の側道から何かがやってきた。

すると、そこに影のようなヒトガタが忍び寄った。

(なっ、なんだ、あれは)

仰天して凝視する筆者。

全身が真っ黒なヒトガタの物体が、差し足忍び足でサラリーマンの背後に迫っていく。

その動きは、昔映画で見たピンクパンサーのようであった。

「おおっ」

ヒトガタの影はサラリーマンの背中にしがみつくと

――その背中にすーっと消えた。


「あっ、なんだ。消えたぞ」

筆者の素っ頓狂な声に妻が仰天した。

「えっ、何もいないでしょ」

「いや、いたよ。影みたいな奴が」

「貴方、疲れてんのね」

妻には、見えなかったのだ。

だが、筆者には確かに見えていた。

影のようなヒトガタが歩き、消えていくのを。


その後、同じ道で黒い猫のような影も見たことがある。

最近も疲れている時に不気味なモノを見たことがある。

筆者は過密スケジュールになると、終電で新橋の行きつけの整体の店に行く。

友人の店なので、筆者のような二〇年来の常連は、通常営業が閉まる一二時三〇分以降にやってもらえることがある。
深夜の一時から始発の出る朝まで、徹底的に全身の整体と指圧をやってもらうのだ。
「悪いね。やってもらう前にトイレに行くわ」
灯りの消えた真っ暗なビル。
非常灯を手がかりにトイレに入ると、筆者は不可解なモノを目撃した。
――白い作業着の中年の男が用を足していたのだ。
「うわっ」
驚く筆者。
相手もこちらをちらりと見たが、そのますーっと消えた。
（なんだ、あれは）
不可解に思いながらも、筆者はトイレの電気をつけ用を足した。

（疲れているな、あんなモノを見るなんて）

そう思いながら、数時間整体を受け、再び便意をもよおしたのでトイレに行った。

（今度は電気をつけてやろう）

先ほどの霊が少々怖かったので、トイレの電気をすべてつけて個室に入り、用を足した。

（やっぱり、電気だよな。文明の利器だよな）

そう思いながらトイレの個室から出ると、そこに白い作業着の中年男がいた。

「うわっ」

中年男が声を上げたと同時に、筆者も鳥肌が立った。

「うわっ」

先ほど一瞬見えた中年男そのままだったからだ。

「あぁ、すいません」

よく見ると生きている人間だった。

相手もこんな深夜にトイレに人がいるとは思わなかったのだろう。

「どっ、どうも」

お互いに頭を下げて距離をとった。

白い作業着の男はそのまま小便をしている。

（あぁ、ビルの掃除の作業員か）

そう思ったところで、筆者にはある疑問が起こった。

この男は、さっきの幽霊と似ている上に、同じ位置の便器で小便をしている。

（この男は明らかに生きている人間だ。おかしい。ではさっき見たのは生霊だったのか）

仕事のしすぎは禁物である。

幽霊は僕にそう警告しているのかもしれない。

36　幽霊にシールドを張ってみました

作家の飛鳥昭雄先生は筆者のよき先輩である。

スカパーやケーブルテレビのファミリー劇場で放送されている「緊急検証シリーズ」でもお世話になっているし、最近では弊社の若手作家・中沢健も含め「オカルト三銃士」と呼ばれている。

その飛鳥先生に幽霊に関して聞いたことがある。

「飛鳥先生は、あまり幽霊に関して語ってこなかったイメージがあるんですが……」

この筆者の問いに、飛鳥先生は大きくうなずいた。

「そうだね。でもまったく興味がないわけじゃないし、霊に関する本も書いてもいいぐらいだよ」

「ひょっとすると、霊体験もあるんですか」

「勿論、あるよ」

飛鳥先生がまだ若かった頃、友達と海辺の旅館のような場所に遊びに行った。

昼間の疲れもあり、仲間たちと大の字になって熟睡していた。
夜もだいぶ深くなったあたりで、空気が変わっていった。
寝ている飛鳥少年が、自分の身体に起きている異変に気がついた。
「ううううっ」
苦しむ飛鳥少年。額には脂汗が浮かんでいる。
(やばい、段々足元から金縛りになっていく)
焦燥感が飛鳥少年を覆い尽くした。
「んっ?」
ふと、飛鳥少年が上を見ると
——髪を振り乱した女がいた。
虚ろな目でこちらを凝視している。
(うわわわっ、やばい)

焦る飛鳥少年。
この女の射るような視線が自分を金縛りにしていくようだ。
「うううっ」
段々と足元から肉体が凍っていく。
(やばいな、このままだと心臓まで金縛りで止められる)
女の亡霊は、飛鳥少年の心の中を読み取ったのであろうか、うすら笑いを浮かべた。
(くそう、馬鹿にしやがって)
血気盛んだった飛鳥少年は、亡霊の馬鹿にした態度に怒りを感じた。
(このままでは死ぬ。結界を張ってみよう)
飛鳥少年は、全身からオーラを出して自分の体を包むイメージを浮かべた。

（怨霊め、出て行け）

すると、亡霊が苦しみ出した。

「ううううう」

女の亡霊は、悶絶し始めた。

（怨霊め、出て行け）

飛鳥少年はさらに強い気持ちで念じてみた。

すると亡霊は、苦しみながら壁を抜けて出て行った。

「よし、やったぞ」

飛鳥は起き上がり、こう言った。

「やばかった。もう少しでとられるところだった」

37　手を切れ

神主女将たまきさんは、人生の要所要所で不思議な体験をしている。

「あれは、今から一三年前ですかねえ」

当時、大切な女性の友人から素敵な手袋をプレゼントしてもらった。

「こんな素敵なものもらっていいの？」

たまきさんの笑顔に、相手も笑顔で答えた。

「当然よ。私にとって貴方は大切な人だからね」

本当にお洒落な贈り物であった。

それは高級な手袋であった。

「それなのに、私ってたった一日で失くしてしまったんですよ」

「そのプレゼントをですか？」

「そうなんですよ」

なんと、たまきさんは、仕事帰りに乗ったタクシーにそのプレゼントを置き忘れてしまった。

「あぁ、困ったわ」

たまきさんは、タクシー会社にすぐに連絡したが、とうとうその手袋は見つからなかった。日頃、忘れ物はあったのだが、物を失くすことは皆無であった。

（どうして？　なんでこんなことが起きたんだろう？）

と、たまきさんが考えていると、声が聞こえた。

——手を切りなさい。

——縁を切りなさい。

たまきさんは、その言葉を「手袋をプレゼントしてくれた人と、縁を切った方がよい」と理解した。

それから1年後、手袋をくれた友人はとんでもない事件を起こしてしまった。

38　動物霊は馬鹿にできない

今年、筆者は福岡県のNというお寺のH副住職から不思議な話を聞かせてもらった。副住職は住職の息子さんであり、お寺に心霊的な相談が寄せられた時に、そのお祓いを担当しているという。


「山口さん、霊って人間の役職とかも簡単に見破るんですよ」

「えっ、役職ですか」

驚いた筆者は食事の手を止めた。

「そうなんです。誰が役職でえらいのかすぐわかるんです」

副住職の話によると、動物霊に憑依されたという人物がお寺に連れてこられた時、副住職と年配の僧侶がその対策にあたった。

この年配の僧侶は霊を祓う時に、よく副住職がコンビを組む相手であった。

「いい加減にその人の身体から出てゆけ」

「何故、その人を苦しめるんだ」

二人で霊を挟み撃ちにしていた時のこと。年配の僧侶が霊に話しかけた。

「私の話を聞きなさい」

だが、霊はそっぽを向いたままである。

「おい、なんとか言ったらどうなんだ」

そう一喝すると、動物霊はこう言った。

「おまえじゃ話にならない。この若い奴の方が権限があるんだろう」

そう言って、副住職の方を向き直った。

何も知らない人から見ると、年配者の僧侶の方が役職が上に見える。

だが、この動物霊は何も情報がない中で副住職の方が上役だと瞬時に見破ったのだ。

「動物霊って、なかなか馬鹿にできないんですよ」

39　犬鳴峠《いぬなきとうげ》と力士たち

副住職は突然こんなことを言った。

「山口さん、犬鳴村って知ってますか」

「あぁ、勿論聞いたことがあります。かみさんが福岡ですから」

この犬鳴村とは、心霊スポットで有名な犬鳴峠の付近にあると噂されている村であり、村の入り口には「この先、日本国憲法通用せず」という看板があるとも、うっかり村の敷地内に入ると刃物を持った男が襲いかかってくるとも言われている。

しかし、一般的にはあくまで都市伝説であり、ダムに沈んだ村がモデルとして創られた架空の村だとされてきた。

「山口さん、実は犬鳴峠の近くに、犬鳴村らしき集落は実際にあるんですよ」

「本当ですか、それは」

「僕もある人から聞いたんですが、あるわき道を入っていくと実在するんです」

詳しい道順は割愛させて頂くが、小綺麗だが夜行くとまったく人の気配がしない不可解な集落が現存するのだという。

「いやぁ、犬鳴峠に取材に行った時に訪問してみたいですね」

するとと副住職はこんな話を始めた。

「犬鳴峠って犯罪があったじゃないですか」

「あぁ、火達磨にされて殺されたという事件。それもかみさんから聞きましたよ。かみさんの友人が、火達磨になった幽霊が今も身もだえしながら死のダンスを踊っているって話を……」

「そう、それそれ。その事件に関して不思議な話がありましてね」

副住職の話によると、同寺は大相撲の九州場所開催の際には、たくさんの力士の方が参拝するという。

力士と言っても、その大部分は一〇代から二〇代の若者である。よく話題になるのは福岡最凶の心霊スポット・犬鳴峠であった。

「副住職、この近くに有名な心霊スポットがあるんですよね」

若い力士が聞いてきた。

「ありますよ。すぐ近くですが……」

「行ってみたいなぁ、幽霊見たいんですよ」

「俺も見てみたいなぁ」

必ずこういう展開になって、数人の若い力士を犬鳴峠に連れて行くはめになる。

しかし、大概が何も起こらず、幽霊の姿も見ることもなく帰ってくるのだが、ある日不気味なことがあった。

お寺に帰った後、一人の力士が体調に異変を起こした。

「なんか、駄目ですね。かなり気持ちが悪いんです」

顔面が蒼白で今にも卒倒しそうな力士。

「これはいけない。至急、お祓いしましょう」

副住職が機転を利かせてお祓いをしたため、力士の体調は回復した。

「ありがとうございます。体調もばっちりです」


なんと、憑依されたその若い力士は回復したどころか、パワーが全開となり、その後本場所で勝ちまくり、十両優勝してしまったのだ。

するとジンクス好きの力士たちの間で「犬鳴峠で憑依され、あのお寺でお祓いされたら、優勝できる」という噂が流れ、犬鳴詣の後、お寺でお祓いを希望する力士が殺到したという。

40　力士と林檎と犬鳴峠

そんなこんなで犬鳴峠参拝が角界で奇妙なブームを見せた時、お寺に来ていたある力士がこんなことを言ってきた。

「副住職、あの犬鳴峠に行ってみたいんだよ」

この力士、当時かなりの人気力士で、多くの人から支持される存在であった。

今更、若手が願掛けに行くような場所に行くまでもない。

「えっ、あんな場所に行っても何もないですよ」

「いや、行きたいんだよ」

力士の切なる願いに、副住職はまたまた犬鳴峠に車を走らせることになった。

「これはお供えに持って行こうかな」

その力士はお寺に奉られていた林檎をきゅっきゅっと袖で磨くと、懐に放り込んだ。

副住職はその力士を連れて車で犬鳴峠に向かった。

「ここが噂の犬鳴峠ですよ」

副住職の案内で付近を散策する力士。

「何もないですね」

そう言いながら、途中まで埋まっているあるトンネルの中までやってきた。

「幽霊はなかなか見えないものだね」

力士は懐から林檎を取り出すと、塞がったトンネルの天井と土砂のすき間に置いた。


「○○関、それはお供えですか?」

「そうですよ。心霊スポットの幽霊さんにね」

そう言いながら二人は車に乗り込むと、再び寺に戻って行った。

だが、異変は確実に力士に忍び寄っていた。犬鳴峠に行ってからというもの、身体の変調が続いた。

「おかしい。これは何かが憑いているのか」

「早くお祓いをした方がよいのか」

周囲の薦めもあって、お寺に再びやってきた力士は副住職のお祓いを受けた。

祈祷が続く中、苦悶の表情を浮かべる力士。

「うむむむ」

脂汗を流し苦しむ力士に副住職が聞いた。

「出て行きなさい、このお相撲さんに憑いていてもよくない」

すると力士が身体を揺らして奇妙な動きを見せた。

ぴくぴくと全身を痙攣させ、ダンスを踊っているように見えた。

「この人が優しそうに見えたから」

霊はそう答えた。力士が林檎をお供えしたのが仇になった形である。

「貴方はなんで亡くなったの？」

副住職の呼びかけに霊はこう答えた。

――焼き殺された

そう言うと全身をくねくねと揺らし、涙を浮かべた。

（あの事件の犠牲者か）

副住職は仰天した。火達磨幽霊が、力士に憑依していたのだ。

力士はその後、お祓いのおかげで無事、上に上がれたという。
やはり、心霊スポットを興味本位で訪れるものではない。

41　その後の呪い面　前編

京都にある三木大雲住職の蓮久寺に呪い面を納めてから、怪異はなくなったのであろうか。

実はその後も怪異が続いていたのだ。

筆者が呪い面をお寺に納めた後、奇妙な音が常に聞こえたという。

「カリカリカリカリ」

（おや、なんだろう。ネズミが何かをかじる音かな）

住職や家族が耳を欹《そばだ》てて音の出所を探ると、必ず呪い面を入れてある木箱に行き当たった。

「カリカリカリカリ」

「この中にネズミでも入り込んだのか」

そう思って木箱を開けても何もいない。

「今の音はいったいなんだったのか」


ただ不気味なことに、包んでいる布がボロボロになっていることが多かった。

このボロボロになった布の様子は、京都に訪れる度に呪い面の様子を見に行っていた筆者が動画撮影している。

その何者かにかじられたような穴は、ＹｏｕＴｕｂｅの山口敏太郎公式チャンネルでも確認できる。

しかし、よくよく観察すると、ネズミがかじった穴とも違う。

何かの熱によって穴を開けられたようなイメージが一番強いのかもしれない。


――呪い面の念が布を溶かしたのでしょうか。

「かもしれませんね」

三木住職はそう言った。

お寺に納められた後も、興味本位で見せてくれと懇願する人が後を絶たなかった。

「お願いしますよ。見せてくださいよ」

「いやでも、まだ危険な状態ですから……それに山口先生の許可がないと」

しつこく頼み込む知人に、三木住職は困り果てた。

「しょうがないですね。入れてある箱だけなら……」

そう言って木箱だけを見せた。

「ほう、これが呪い面の入れてある箱ですね」

興味深く観察していたその人物だが、お寺からの帰り道で事故を起こしてしまい怪我をしてしまった。

「その人には悪いことをしてしまいましたね」

筆者がそう言うと、三木住職はこう言った。

「いや、ご本人も呪い面にやられたと明るく周囲に語ってらっしゃるみたいですから、大丈夫でしょう」

他にも呪い面を悪く言った人が、翌朝布団の中で亡くなっていたとか。

虫干し中の呪い面を見てしまった人が、自宅に帰ると自分の衣装が切り刻まれていたとか。

勿論、偶然の一致やたまたま不幸が重なっただけとも言えるのだが、ここまで続くと不気味だ。

その後、有名な関西の番組が取材を申し込んできた。

お寺に六名ほどのスタッフがやって来て、ぜひ生放送で出したいと言ってきた。

「呪い面を生放送ですって？　それはどうかな。山口先生に聞かないと……」

三木住職がそう言うと、スタッフたちは一斉にスマホを取り出してこんなことを言い出した。

「あと資料用に、呪い面の写真を撮影してもいいですか」

「まぁ資料用なら」

渋々承諾した三木住職を尻目に、スタッフたちは我先にと呪い面をスマホで撮影しまくった。

その翌日の昼のこと。

スタッフの一人から電話があった。

「三木さん、あのお面、やはり変ですよね」

スタッフの声が上ずっている。

「何かあったんですか」

三木住職はまたしても何かあったのだと確信を持ちながら聞いてみた。

「実は枕元に呪い面を撮影したスマホを置いて寝たんですが……」

スタッフは口ごもった。

「いったい、何があったんですか？」

「スマホが割れてるんです」

なんと、呪い面を撮影したスマホが割れていたというのだ。


（生放送に出るのを嫌がったのかな）

三木住職がそう思っていると、夕方に電話が鳴った。またしてもあのスタッフである。

「実は昨日お寺に伺ったスタッフが全員集まったのですが、とんでもないことがわかったんです」

「とんでもないこと？」

「はい、全員のスマホが割れていたのです」

――その日、生放送の話はなくなった。

42　その後の呪い面　後編

この呪い面の生放送中止事件は、三木住職の仲間うちで評判となった。

「まだ呪いは解けてないんや」

「呪い面はガチでヤバいな」

そんな噂が広がった時、三木住職の息子さんがつぶやいた。

「大人の遊びだね」

呪い面の呪いなど所詮、大人の遊びに過ぎないと揶揄したのだ。

すると、翌日

——息子のスマホが割れた

この生放送中止事件の後、三木住職には気になることがあった。

「あの方は大丈夫かな」

というのも、このテレビスタッフより早く、大阪スポーツの女性記者が呪い面を取材に来たのだ。

「大丈夫ですか、何かありませんでしたか？」

三木住職の問いかけに、その女性記者が電話口でこんなことを言った。

「ハンディカムのカメラで動画撮影したんですが、撮れてる動画を確認するモニターの部分が壊れてしまって……」

なんと、無事大阪スポーツの記事にはなったものの、動画撮影したカメラが故障してしまったというのだ。


この事件と前後して、筆者もあるＤＶＤの会社とタイアップし、呪い面のドキュメント映画を撮影していたのだが、この時にも怪異は起こっている。

レポーター役の父方の祖母が急死し、母方の祖母が病気で倒れてしまったのだ。

「山口先生、危なくないですか」

「いや、これは危ないよ。制作中止もやむを得ないか」

「でも、制作会社は続行すると言い張ってます」

心配するスタッフと協議したものの、もはや作業を中止するわけにもいかず、結果的に制作会社のスタッフとその彼女が精神に異常をきたす事態に発展した。

また、完成後にこの制作会社が筆者に出演料や制作費用をなかなか払わず、大問題となった。

「呪い面の呪いはまだ続くのでしょうか」

筆者の問いかけに三木住職はこう答えた。

「山口さんが納めた時、面の裏側にびっしりとフジツボのようなモノが付着してましたよね」

「はい、そうでした。あれはなんだったんでしょうか」

確かに呪い面の裏側には、海で見かけるフジツボのような得体の知れない物体が、所狭しと貼りついていたのだ。

「お経をあげればあげるほど、あのフジツボのようなものがなくなっていくんです」

確かにそうであった。一年に一回ぐらいしか呪い面を見ない筆者も気づいていたことだが、あのフジツボのようなモノが少しずつ減っていたのだ。

「そうそう、不思議でしたね。もしとれたなら布の中や箱の中に残るはずなのに……」

「そうなんですよ。今ねあのフジツボどうなったと思います？」

「どうなったんですか？」

「すべて消え去ってしまったんです」

このフジツボが消えてからというもの、呪い面の祟り事件は発生していない。
あのフジツボのようなモノこそが、呪い面の因果や因縁であったのだろうか。
呪い面の伝説はまだ続いている。

43　夢が教える

神主女将のたまきさんは、札幌で飲食店を経営していた。

その店は、内装やメニューにいたるまで数々の工夫がなされていた。

しかし、収支の方はなかなか黒字に転換することはなかった。

「おかしい、なんで黒字にならないのかしら」

日々大勢のお客様で溢れている店内を見渡しながら、たまきさんは、何故か利益が増えない理由を考えていた。

「どうしても、儲からない理由がわからない」

悩みながらその夜床に就いた。

その夜、まるで暗示のような夢を見た。

夢の中でたまきさんがお店に行くと、料理長が、仕入れたウナギをたらいからザルに移し替えている。

（何をしているのかしら）

たまきさんは観察を続けた。

ウナギは料理長が移し替える度にザルから逃げていく。

（まぁ、大変）

店中の床は、ザルから逃げ出したウナギでいっぱいになってしまった。

必死になった料理長は、床を這い回るウナギを捕獲し、また掴んでザルに入れる。

（これじゃ、きりがないわ）

たまきさんが心配しながら見ていると、ザルの網目が大き過ぎて再び入れたウナギたちもその隙間からどんどん逃げ出していく。

翌朝目覚めた時、たまきさんは確信した。

「いくら売り上げがあっても、利益はザルの目から出て行く、料理長に問題がある」

早速、料理長に任せていた仕入れを改善し、利益も増えていった。

たまきさんの不思議な夢は他にもある。

家族で夫の故郷の北海道に移住した直後、不思議な夢を見た。

夢の中で彼女が空を見上げていると、天から牛車の列が降りてきた。

（あれは、なんだろう）

その牛車の列は、まるで京都で催される葵祭の御所車に似ていた。

（なんなの、私に何か用なの？）

その車列は、どんどん降下してくる。牛車に乗っている人の顔がわかるぐらいまで近づいてきて初めて確信した。

（お義父さん？　お義父さんなの？）

御所車に乗った人は、数年前に亡くなった夫の父だと確信した。

牛車は静かにたまきさんの目の前まで来て止まると、義父はこんなことを言った。

「よく来たな、待っていたぞ」

そんな一言だけ残すと、列は向きを変えてまた天に向かって帰っていった。

この時たまきさんは、夫のご先祖様に歓迎されたということ、これから私たちを守ってくれることを心から理解した。

44　森の中のペンション

吉本興業の怪談芸人ありがとうぁみくんは、最近あちこちからお声がかかる人気の怪談芸人である。

彼とはTBSの「さしこのくせに」の怪談特集で共演して以来の仲であり、よく筆者のイベントにもゲスト出演してもらっている。

「ぁみくん、何か自分が体験した怖い話を聞かせてよ」

「そうですね、こんな話なんかどうですか。野球仲間Aさんの話なんですが」

筆者の問いに、彼は昔友人Yさんから聞いたこんな話をしてくれた。

ぁみくんの友人はある時、森の中のペンションに泊まることになった。

「遠いなぁ」

「森が深いなぁ」

Yさんが仲間たちと今宵の宿であるペンションを探していると、森の奥にポツンとペンションがあった。

「あそこかぁ」

仲間がつぶやくが、Yさんは森の中に忽然と建物がある状況がやや不気味だった。


その夜はペンションで、五人の仲間と宴会をした。

わいわいと騒いでいると、酒が足らなくなった。

「あれ、もう酒もつまみもないぞ」

「そう言えばさぁ、森の入り口にコンビニがあったよね」

「うんうん、あったあった」

ここで世話好きのYさんが手を上げた。

「よし、俺が買い出しに行ってくるよ」

そう言ってペンションの外に出たYさん。

「……………」

思わず立ち尽くすYさん。

目の前には、昼間と違った一面の闇が広がっている。

（やばい……でも今更恐いとは言えないし）

真っ暗な森の中の道を慎重に歩くYさん。

（駄目だ、なんか見てしまいそうだ）

おっかなびっくりのAさんの目の前を、何かが通った。

「ふ〜うっ」

若い女性のように見えた。

（何度考えてもおかしい!!　今、まるで滑るように横切ったよな）

それにこんな時間に森の中に女性がいるはずがない。

ゴクリと生唾を飲み込むYさん。

彼がゆっくりと上を見上げると、

――女の首吊り遺体があった。

45　因果応報

　また、ぁみくんはこんな話も聞かせてくれた。

「リゾート地と言えば、僕は若い頃、リゾート地のホテル近くに五人の仲間と一軒家を借りて、住み込んでいた時期がありました」

　筆者は軽く笑った。

「ほういいねえ、ホテルで長期の営業ですか。それはそれは楽しそうですね」

「ええ、あんなことがあるまでは」

　若手時代の話、ぁみくんは、仲間たちと某リゾート地で毎日のように営業をやっていた。

　宿は一軒家を共同で借りていた。

　毎朝、一軒家からホテルまでブラブラと歩きながら通勤していた。

　3人の仲間と歩くぁみくん。

友人Uくんが言った。

「あぁ、暑いな。今日ライブの休みにあたった二人はラッキーだよな」

「そう言うなよ」

ぁみくんがそっと宥めた。


三人はふとある神社の前を通りかかった。

古ぼけた鳥居がいっそう侘しさを強調している。

ぁみくんが挑むような口調でUくんに言った。

「Uくん、日頃から幽霊いないいって言ってるよね」

「あぁ、いないよ。いるわけないさ」

この時、ぁみくんはニコリと悪戯っぽく笑った。

その日の夜、ホテルのライブが終わり、その帰りにまた三人が神社の前を通りかかった。

「Uくん、朝も言ってたけど、幽霊とか信じないいって言うのだったら、今からあの神社行ってみてよ」

この言葉にUくんの顔色がさっと変わったが、痩せ我慢した。

「あぁ、勿論。いっ、いいよ」

無理して鳥居まで駆け上がるUくん。

「もうそこが限界かい？」

「だっ、大丈夫だよ」

一気に境内までダッシュするUくん。

この様子をぁみくんはニヤニヤしながら見守っていた。


（しめしめ、うまくドッキリに引っかかったぞ）

数分後、神社の闇の向こう側から
「うぎゃあああああ」

というUくんの情けない叫び声が闇夜に響き渡った。

鳥居の下の階段で待っていたぁみくんたちは爆笑。

そこへ非番の友人二名も合流した
「ばっちり脅かしたよ。まさか非番の俺たちが幽霊のふりして隠れていると思わないだろう」

「ドッキリ企画成功だな。これでUくんも少しは霊を信じるようになるだろう」

そこに真っ青な顔でUくんが駆け下りてきた。

「はぁぁぁぁぁぁ、あれ非番の君らもいる。なんだぁ、酷いなドッキリかよ」

仲間たちが大笑いしながら言った。

「ごめんごめん、非番の彼ら二人に脅かし役を頼んでおいたんだよ」

「そうなのか、やられたな。でもおじいちゃんの幽霊役が一番怖かったよ」

その瞬間、全員が一瞬にして沈黙してしまった。

「おっ、おじいちゃん？　おじいちゃんなんかいたっけ？」

ぁみくんが声を震わせた。

「脅かしたの俺たちだけだよ」

「えっ？　君の後ろにいたおじいちゃんは、誰なの？」

Uくんの言葉に全員が再び沈黙した。

「……」

そのまま全員が一軒家に向かって猛ダッシュしたのは言うまでもない。

霊を信じない友人を脅かすつもりが、脅かされるという因果応報の話である。

46　幽霊マンションと芸人

ガリガリガリクソンくんは心霊好きであり、各地のヤバいスポットに突入している〝心霊芸人〟だ。

オフの日でも、生首村の上空を小型ヘリで上空から撮影したり、呪い面を被ったり、その体当たり精神は芸人の鑑である。

筆者とは関西テレビの「ギョクセキ」で共演してからの仲なのだが、ある日こんなことを言われた。

「山口さん、僕が一番好きな場所は京都の幽霊マンションなんです」

筆者は自分の耳を疑った。関西最凶の心霊スポットの名前が出たからだ。

「えっ、あの有名なマンションだよね。竹内義和さんも恐れているという」

「そうです。あのマンションが大好きなんです」

京都の幽霊マンションと言えば、次々と人が投身自殺をするため、血しぶきで色が変わったコンクリートがあるとか。

女の幽霊が住んでおり、その幽霊が数々の不思議を引き起こすとも言われている。

そのマンションの幽霊伝説は、竹内義和さんと北野誠さんがやっていた往年の人気ラジオ番組「サイキック青年団」で取り上げられ、一気に有名になった。

高校時代、ガリクソンくんはこの番組で幽霊マンションについて聞き、現地に乗り込むことにした。

仲間三人と、京都の某マンションにガリクソンくんは乗り込んだ。周囲には嫌なムードが漂っている。

霞む上層階を見上げながらガリクソンくんはつぶやいた。

「ラジオで言うてたんはこれやな、屋上まで登ったら霊に逢えるかな」

テンションが高くなっているガリクソンくんとは違って、仲間たちはややびびっている。

「不気味なムードや」

「まじかよ。今から登るのかぁ」

その異常な圧迫感に、全員が沈痛な表情を浮かべている。

ガリクソンくんがみんなを励ました。

「ほんまに不気味や、でもこうなったら屋上まで登るしかないわ」

「わかったよ」

意を決して一行が七階まで上がると、突然ヒールの音が近づいてきた。

「コツコツコツコツ」


「住民に見つかったかな」

「いかん、謝るか」

仲間たちはパニックになった。だが、音がした方には壁しかない。

ガリクソンくんが声を上げた。

「ええっ！　なんで壁の方からヒールの音が聞こえてくるの？」

仲間たちも青い顔のまま固まっている。

「コツコツコツコツ」

ついにヒールの足音は、ガリクソンくんと仲間たちに最接近した。

「わわわわわ」

「コツコツコツ」

そのヒールの足音は、物凄い勢いで四人の周りを八の字に歩き回った。

「コツコツコツコツコツコツコツ」

足音はまるで一行を取り囲むかのように、歩き回っている。


「やっ、やばい」

「早く逃げよう」

我先にとエレベーターに乗り込むと、一行は八階で降りた。

「ふぅ、ここまで来たらいけるよな」

ここまで来たら幽霊の出る屋上はもう少しである。

だが、ガリクソンくんの身体に異変が起きた。

「あかん、立てない。地震かな」

前かがみになって、ふらつくガリクソンくん。

エレベーターから降りた仲間たちは、不思議そうな顔で返答した。

「地震？　ちゃうよ」

「おまえ、何ふらついてるの？」

ガリクソンくんは今にも床にへばりつきそうである。


「ええっ、俺だけか、上からめっちゃ押されているし」

「おいおい、大丈夫か」

仲間たちが動揺している。

「もう、あかん、限界や」

ガリクソンくんはその場にへたり込んだ。

「僕はあかん、一歩も動けない。先に行ってくれ」

「わかった。俺らは屋上見てくるわ」

「しばらく、そこで待っててくれ」

仲間たちは八階から屋上に続く非常階段に行くが、ガリクソンくんは耐え切れず地面に這いつくばっていた。

数分後、仲間たちが降りてきた。

「屋上、なんもなかったな」

「そうやな」

だが、八階の床に座り込み仲間たちの帰りを待っていたガリクソンくんは、言葉数が少ない。

「おい、とりあえず一階に戻るぞ」

仲間たちは、エレベーターが一階に着くと降りて車の方に行ったのだが、何故かガリクソンくんはエレベーターから降りない。

「おい、早く車に来いや」

「何してるんや」

仲間たちが口々に呼びかけた。

虚ろな表情でガリクソンくんが仲間に返答する。

「も〜う1回、八階に登ろうよ〜」

明らかに目つきが普通ではない。

「……？　なんや、大丈夫か」

「ヤバいんとちゃうか？」

仲間たちはガリクソンくんの異様なムードにショックを受けた。顔つきや口調がいつもの本人とは違うからだ。

「だってさぁ、あたしの名前聞きたいんやろ」

ガリクソンくんの口調はまるで女性のように変化していた。

「おい、おまえ何をゆうてるんや。大丈夫か？」

「やっぱり、こいつ憑依されてるわ」

ガリクソンくんはある女性の名前を告げた。

「あたしの名前は○○○」

仲間全員の背筋に冷たい汗が流れた。

「あかん、あかん、憑かれている」

明らかに取り憑かれているガリクソンくんを抱きかかえるように車に乗る仲間たち。

「あかん、早くここから逃げよう」

「俺、京都地理感あるから、運転まかせとき」

「頼むで」

と言って仲間の一人が運転するが、

「あかん、道に迷った」

何故か道を何度も間違えてしまう。

しまいには、助手席にいたガリクソンくんが突然道案内し始めた。

「はい、そこ、右に曲がって」

「おいおい、おまえ道、知ってんのか」

「さらに左に曲がって」

ガリクソンくんは夢遊病者のような顔つきで案内を続けた。

「妙や、無意識で道案内しとる、こいつ」

「次はT字路を左」

車のハンドルを左に切ると、一面の墓がそこにあった。

「ひぃい」

全員が恐怖に固まった。

47　幽霊マンションに恋して

ガリクソンくんはその事件以降、週四回ほどそのマンションに通うようになった。

「ガリクソンくん、それ危ないいんとちゃうの？」

筆者が指摘した。

「危ないと思うけど、やめられないんです」

「本格的に幽霊マンションの女の幽霊に憑依されたんちゃう？」

「そうかもしれません」

ガリクソンくんの話によると、幽霊マンションに行き、八階でその背中にかかってくる霊の重みを感じるのがたまらないそうだ。

「この圧力がたまらんのです」

筆者は得体の知れない霊の力を感じた。作家特有の〝ヤバい系の本物〟に出会った時の感覚である。

「でも、このケースはやばいなぁ。霊能者に見てもらったら」

「一度、霊能者がらみで妙なことがあったんです」

あまりに度々ガリクソンくんが幽霊マンションに通っているので、心配した先輩が電話をしてきたという。

「おまえさぁ。絶対危ないわ、俺が紹介する霊能者に電話してみな」

せっかくの先輩の好意を無にできなかった。

「はぁ、そうですか。じゃあ一回電話してみます」

震える指で霊能者に電話するガリクソンくん。

そこで奇妙なことがあった。


「〇〇先輩に紹介されました」

「ガリクソンくん、マンションに住んでる？」

いきなり霊能者がマンションの話をしだした。

「えっ、今、兵庫にある実家の一戸建てに住んでます」

「おかしいな、京都のマンションが見えるねん」

ガリクソンくんは心臓が止まるような衝撃を受けた。

「まじですか（汗）」

実は霊能者には、先輩やガリクソンくんからは一言も幽霊マンションの話は伝えられていなかった。


（怖すぎる、どうしてわかるんやろ）


ガリクソンくんが内心怯えていると、さらに不気味な指摘が霊能者によってなされた。

「あと○○○という名前知ってる？」

「えええっ」

ガリクソンくんは再び心臓が止まりそうになった。

（あの時エレベーターで僕がつぶやいた名前と同じや）

「その名前がどうしたんですか？」

冷静を装って霊能者に聞き返した。

「いやな。その名前の女が早く電話切れと言いながら私の首を締めてるんや」

TO文庫

怪談・呪い神

2016年1月1日　第1刷発行

著　者　山口敏太郎

発行者　深澤晴彦

発行所　TOブックス
〒150-0045 東京都渋谷区神泉町18-8
松濤ハイツ2F
電話03-6452-5678(編集)
0120-933-772(営業フリーダイヤル)
FAX03-6452-5680
ホームページ　http://www.tobooks.jp
メール　info@tobooks.jp

フォーマットデザイン　金澤浩二
本文データ製作　TOブックスデザイン室
印刷・製本　中央精版印刷株式会社

Printed in Japan　ISBN978-4-86472-453-1